imaginist

想象另一种可能

理
想
国
imaginist

过去的音乐家,自己演奏自己的作品

木心，1994年元月摄于世界文学史课结业聚会。

木心全集

木心谈木心

《文学回忆录》补遗

陈丹青笔录

木心

上海三联书店

1989—1994年,陈丹青的五本听课笔记。

出版说明

木心先生在历时五年的"世界文学史"课程中,曾应听课生再三恳请,于 1993 年 3 月 7 日至 9 月 11 日,以九堂课的半数时间,讲述了自己的文学写作。其全部内容,包含在陈丹青先生的原始笔记中。

2013 年初,我们依据这五本听课笔记,出版了《文学回忆录》。陈丹青先生出于当时的顾虑,没有收入九堂课的两万余字。三年来,感谢读者对《文学回忆录》的肯定与厚爱,近期,经与陈丹青先生商酌,我们仍以他的笔记为依据,编成此书,是为《文学回忆录》补遗。

兹就有关事项,说明如下:

一,木心先生是在九堂课的穿插中,谈论自己的作品,我们一仍其旧,依据笔录原状,保留每一讲讲题。为方便对照阅读,我们将木心先生谈到他自己的十四篇文章,循讲述先后,分别插入每一自述之处,文章段落与听课笔记交织排版,这十四篇依次是——《即兴判断》代序、《塔下读书处》、《九月初九》、《S.巴哈的咳嗽曲》、《散文一集》序、《明天不散步了》、《童年随之而去》、《哥伦比亚的倒影》、《末班车的乘客》、《仲夏开轩》、《遗狂篇》、《素履之往》自序、《庖鱼及宾》、《朱绂方来》。

二,书中附印的笔记本照片,由陈丹青先生提供。他为此书撰写的后记,附于书尾,俾便读者了解当初隐去此书内容、今年决定公布的原委。

三,木心先生的创作谈是即兴的,没有讲稿,据陈丹青先生回忆,现场笔录有点跟不上,不免有所疏漏。我们初编此书时,也有力所不逮之难。陇菲先生建议,为读者着想,应将木心先生讲解插入作品相关段落,并亲自排定校阅了两课范本,全书体例,为之一新,在此特别致谢!三年前为《文学回忆录》校勘工作倾力襄助的马宇辉女士,也对此书涉及中国古典文学的校勘订正,有所贡献,一并致谢!此外,全书未尽精确与完善之处,仍祈读者与高明不吝指正。

木心作品编辑部
2015 年 7 月

目 录

出版说明

第一讲	谈自己的作品	001
	《即兴判断》代序 《塔下读书处》	

第二讲	再谈萨特，兼自己的作品	039
	《九月初九》	

第三讲	续谈萨特，兼自己的作品	053
	《S.巴哈的咳嗽曲》《散文一集》序 《明天不散步了》	

第四讲	谈加缪，兼自己的作品	077
	《明天不散步了》《童年随之而去》	

第五讲	续谈存在主义，兼自己的作品	093
	《哥伦比亚的倒影》	

| 第六讲 | 谈法国新小说派，兼自己的作品 | 117 |
| | 《哥伦比亚的倒影》《末班车的乘客》 | |

| 第七讲 | 谈访谈 | 131 |
| | 《仲夏开轩》 | |

| 第八讲 | 再谈新小说，兼自己的作品 | 157 |
| | 《遗狂篇》 | |

| 第九讲 | 谈《素履之往》 | 177 |
| | 自序 《庖鱼及宾》《朱绂方来》 | |

| 后　记 | ／陈丹青 | 209 |

第一讲

谈自己的作品

《即兴判断》代序

《塔下读书处》

一九九三年三月七日

说得性感一点：这是不公开的。最杀手的拳，老师不教的。前几年的课，是补药，现在吃的，是特效药。

今文，古文，把它焊接起来，那疤痕是很好看的。鲁迅时代，否认古文，但鲁迅古文底子好，用起来还是舒服。

这么一段序中之序，说老实话：搭架子。搭给人家看。懂事的人知道，"来者不善"，不好对付。要有学问的。

要一刀刀切下去，像山西刀削面。鲁迅很懂这东西。

莫扎特，差一点就是小孩子，幼稚可笑，但他从来不掉下去。

写作是快乐的。如果你跳舞、画画很痛苦，那你的跳法、画法大有问题。

"文学演奏会"第一讲笔录原件

（金高今天重返书院。）

今天，破例，讲文学写作——讲我自己的作品。

三个比喻：画家，画，你们看到的是最后的效果。有说是把画家画画全过程拍下来的，我就是说这写作过程。其次，舞台、后台，我把我的后台公开。再其次，过去的音乐家，自己演奏自己的作品。肖邦演奏自己的作品，最好。

今天算是木心文学作品演奏会。

不卑不亢地谈。许多艺术上不允许讲的话，我在课堂上讲——我们相处十年了，开课四年了，其实很少有机会我来讲自己写作的过程。从来没有深谈过。

说得性感一点：这是不公开的。最杀手的拳，老师不教的——写作的秘密。对你们写作有好处。前几年的课，是补药，现在吃的,是特效药。好处,是你们已经铺了一些底。

是尝试。可以松口气。我每次要备课三天,两万字,有事忙不过来,这样穿插可以调和。

众人打开木心的书(台湾版)。

今天讲《即兴判断》里的"代序"和《塔下读书处》。

前一篇是答客问,后一篇是讲别人。诸位将来都会遇到这种事——讲下去,你们会知道写作有那么一点奥妙。

"代序",在音乐上类似序曲。有时可以取巧,用另一篇文章"代序",很老练,用不到直接来写序。

凡问答,采访,不能太老实。要弄清对方意图。这篇访谈,事先知道是对许多作家的采访,包括问哪些问题。我要知道说给谁听——要刺谁。

发表后,别人的"答"也都发表了,正好给我骂到。

我不愿和他们混在一起,所以单独取出作代序。

《即兴判断》代序

丁卯春寒,雪夕远客见访,酬答问,不觉肆意妄言——谓我何求,谓我心忧,岂予好辩哉。鲜有良朋,贶也永叹,悠悠缪斯,微神之躬,胡为乎泥中。

——阅录稿后识

先要来个"招式",不宜用问答语,宜用文言("阅录稿后识"。"识",音同"志"。而且不能写"木心阅稿后识",要去名字。从前人家多用自己名字,不必要)——"丁卯春寒,雪夕远客见访",是文言的美。"不觉肆意妄言",是退开,是谦虚。

"谓我何求,谓我心忧",《诗经》的典故,简化了。

"岂予好辩哉"是孟子的话,意思是我好辩吗?不得已也。难道是我好辩吗?这样,就把"肆意妄言"解了。"鲜有良朋,贶也永叹"("贶",音同"况",赐的意思),取《诗经》,意思是少有朋友和我长叹长谈了。

"微神之躬,胡为乎泥中",《诗经》句,意思是"若不是为了你的缘故,我不会在泥中打滚"——若非为了艺术,我不会在泥中打滚。

今文,古文,把它焊接起来,那疤痕是很好看的。鲁迅时代,否认古文,但鲁迅古文底子好,用起来还是舒服。

这么一段序中之序,说老实话:搭架子。搭给人家看。懂事的人知道,"来者不善",不好对付。

要有学问的。

问:您对作品的畅销与否的看法如何?

答:作品畅销,必然成名,而历史上一路过来的不朽之作,当时大抵未交"畅销运"。成名与成功很难兼得,通常是两回事,成名不一定成功,成功不就此成名。

畅销书,也有确实可称成功的。如果并非成功,只是交了"适逢其会"的好运,那么,后来自有结果:一时成起来的大名,缩小了,没了。

各国各族的书市,总有各种热门的东西,无可厚非,在当时,厚者是非不了的——值得省视的是:畅销书标示着那个畅销范围的文化水准,一般都着眼于谁写了畅销书,其实问题不在作者而在读者,所以问题很大、很重,重大得好像没有问题似的。

访者的第一问,你要想想,他问的是什么意思,什么心态(问,一定要别人问,左手挠右手,不痒,要别人挠,才舒服)。

答,是讲实话。平平实实讲。

答到第二段,转个弯,口气很安静:"一时成起来的大名,缩小了,没了。"

第三段,"各种热门的东西",开始讲"东西",用白话文了。最后几句,讲本质,钉子敲下去。

不是俏皮话,是真话——注意:凡是第一个问题,要用点力气。

问:您最喜欢的中文的文学刊物是哪些?
答:正在寻找中。

第二问,是我不愿回答的。但我答:"正在寻找中。"已经给面子了。够了——凡是文学家给你面子时,是他自己要面子。

问:平均每天花多少时间阅读及写作?
答:两三小时。十一二小时。

第三问,毫无意义的问题,但我讲老实话。

问:古今中外的文学大家中,谁对您的影响最大?
答:一个人,受另一个人的影响,影响到了可以称为"最大"——这是病态的,至少是误解了那个影响他的人了。或者是受影响的那个,相当没出息。

受"影响"是分时期的,如果终身受一个人的"影响"——那是误解,至少是病态。

说回来,古今中外确实有一位大家,较长期地"影响"我——《新约》的作者(非述者),主要在文体上、语气上,他好。

第四问:普遍喜欢这么问,放之四海而皆准而不准。大家都想找个文学干爹文学奶妈。你又来了,我羞你一下,但最后一段,很亲切,把耶稣一把搂过来。但还是说"较长期"。"影响"二字用引号,还不提耶稣名,注明"非述者"。

第一讲 谈自己的作品

我讲他文体、语气好,是以艺术家对耶稣的态度,不是信徒使徒的态度。

问:假如有笔经费,支持您的写作计划,您的第一志愿是什么?

答:这是很有意思的,这是一个"李尔王"的问题。假如有三个人作答,甲说:有了支持,必将写出经天纬地的命世之作。乙说:如蒙相助,不成功便成仁。丙说:既能安心写,写完再说——看来这笔经费是付之甲的,或三七开、四六开,分给乙和甲。丙,没有希望。

美国的各种基金会,有专事奖励"天才"的,一旦物色到某人,由律师通知:如果您同意接受,那么每年可以自由支配这若干万美元,历若干年,OK,除了OK就不再顾问——如果那个"天才"把钱胡乱花掉,终于一事无成呢?该基金会答:即使如此,也是个别,绝大多数是卓然有成,以个别的损失,换绝大多数的效果,实在值得。

我想,所谓"志愿","第一志愿",是早就有的,不是眼看有经费来了,"志愿"拔地而起。而且"志愿"如果能分为"第一"、"第二"……似乎不大像"志愿",尤其对写文学作品的人,"志愿"多了,就可能"非文学"了。

安逸的生活,良好的环境,使"志愿"实现得快些、顺遂些。否则,就慢些,波折多些,"志愿"还是要实现的。

写作，如果出于真诚，都知道"文学"有个奇怪的特性：写下去，才渐渐明了可以写成什么。所以"第一志愿"和"第二志愿"……同样是"要写得好"，如果"很好"，那就更好了。

凡是大言炎炎者，必定写不好——这一点也很奇怪。但可以坚信。

第五问：大家在这个问题上跌得更厉害——我放点火药了，但口气还是客气。我自己的意思，开始放在第三段问答中，第四段很诚恳，第五段，弄点余波荡漾，有点像老太婆讲话——最后一段，骂他一下。

问：您认为中国作家中，谁最有希望获得诺贝尔奖？
答：不知道——只知三种必然性：一、是个地道的中国人。二、作品的译文比原文好。三、现在是中国人着急，要到瑞典人也着急的时候，来了，抛球成亲似的。

第六问，非常愚蠢的问题，都很关心。我一看，不回答吧，错过机会，回答吧：咦！怎么办？我回答是"不知道"，但只答"不知道"，势太弱——下面来了：一，地道的中国人；二，译文比原文好（这是胡说，哪有这样的话）；三，本质了。但这样的老实话要说得它简捷（但是，等到真的诺贝尔奖来了，在中国一定是冤案。抛球成亲，就是冤案），把诺贝尔奖骂进去了。乞丐做女婿。

问：您当前正在阅读的书是什么？

答：瑞士的 Jacob Burckhardt 的《意大利文艺复兴时期的文化》，此书百年以来德文本及各种译本一直风行不衰，新版迭出。西方对待自身的人文传统的真挚态度，项背相望，气脉连贯。（中国任何一期前朝文化，都还没有这样的回顾评鉴的巨著）布克哈特的这本书，不以精彩卓越胜，系统性也只在就事论事，它平实，恳切，笔锋常含体温，所叙者多半是我早已详知的故实，却吸引我读，读着读着，浸润在幸乐之中。凡是令我倾心的书，都分辨不清是我在理解它呢还是它在理解我。

快慰之余，不禁想：假如中国也有人写这样性质的书（关于东西汉或南北朝或三唐二宋的文化演变），也是一部平实、恳切、满含体温的巨著，那么，百年以来，也会风行不衰新版迭出吗——不可能。为什么不可能？这就要写一部书来解答，写出来之后，也没有人要看。所以不写。所以等于回答了问题。

第七问：这种问题，你要诚恳对待。他没有恶意，没有话问了，不含恶意的愚蠢。但不能真的说你在读什么书，不能太老实。要找可以借题发挥的书，哪怕你读都没读过。

我举布克哈特这本书，是借来骂我们这边，而且要站得比布克哈特高。二段答词中再提"平实、恳切、满含体温"，是叫人注意，这几句自己是得意的。以下句子，还是重复，要一刀刀切下去，像山西刀削面。鲁迅很懂这东西。

问：最近看过的令您印象最深的一本书是什么？

答：重读少年时耽读的但丁传记，这次的作者是马里奥·托比诺，意大利人，写来尤其娓娓脉脉，我原来以为但丁的头发是栗色的，这才知道是金色，金发金心的大诗人。

边读边回忆少年时在故乡沉醉于《新生》的那段蒙昧而清纯的年月，双倍感怀——各有各的佛罗伦萨。

第八问，也是很普遍的问题，回答时，借此机会休息休息。但光是讲读但丁传记，平凡而不景气，所以提到"少年时耽读"的版本和这次的版本。但不能大题小做，真正读但丁，所以提"金发"之类。最后一段才是主题："各有各的佛罗伦萨"。蛮得意的一笔下去。

提到当年的杂志《新生》，那不是读《神曲》的年龄（这读的少年有问题），但感慨是在"蒙昧而清纯"，是在"各有各的"——但丁回不了佛罗伦萨，我也回不了中国。

这是我的幕间休息，甜甜的。这样写，是可以和但丁做做朋友，既同情但丁，又自悲，物伤其类。

问：您觉得目前国内的文学水平与您开始写作时比较，是较高或较低?

答:四十年来,中国文学进进退退反反复复,现在耆老的一辈作家,差不多全是搁笔在他们自己的有为之年,所以只能说半途而废。据后来的状况看,即使半途不废,也许未必就能怎么样。试想,如果真有绝世才华,那么总能对付得了进退反复的厄运(别国就不乏这等颠扑不破的大器),环境、遭遇,当然是意外分外坎坷,而内心的枯萎,恐怕还是主因,"置之死地而后生"这句话就用不上了。用得上这句话的是中年一辈作家,可惜根底都逊于老辈,但也许正因为这样,所以劲道特别粗,口气特别大,著作正在快速等身中。面对这些著作,笼统的感觉是:质薄、气邪,作者把读者看得很低,范围限得很小,其功急,其利近,其用心大欠良苦——怎么会这样的呢,恐怕不光是知识的贫困,而主要是品性的贫困,品性怎么会贫困的呢,事情就麻烦了,说来必须话长,使人不想短说。接下去,是年轻的一辈,比之老辈中辈,那年轻的一辈最有幸,恰好在"不怕虎"的年龄上经历"史无前例"的虎虎十年,劳之,饿之,非常符合"天降大任"的模式。俄而国门开了,公费行万里路,私下读万卷书,动辄获奖,一蹴成名,照理实在是好事大好事,可是不知怎的总含着"梦"的成分,有受宠若惊者,有受惊若宠者,就是没有宠辱不惊者。"文学",酸腐迂阔要不得,便佞油滑也要不得,太活络亢奋了,那个"品性的贫困"的状况更不能改变,而且,"知识的贫困"也到底不是"行路"、

"读书"就可解决。时下能看到的,是年轻人的"生命力",以生命力代替才华,大致这样,大致都这样在以生命力代替才华——除了搁笔的和勉强执笔的作家,其他,都充满希望,足可一直一直希望下去。提问所指的那个整体性的"文学水平"呢,近看,不成其为水平,推远些看,比之宋唐晋魏,那是差得多了。推开些看,比之欧洲、拉丁美洲,那也差得多了。怎么这样比?其实——这样比,才有意思,否则,不用比,无从比起,还是一边食粥一边写,像那位不知诺贝尔奖为何物的曹侯这样地写,啜粥难免有声,其他的声可免则免。

第九问:这问题,问的人是把头撞到机器里。答的人,往往存心不良。"提高"了,说是他的功,"降低"了,是抬高他自己。"时代车轮"这个东西不能乱碰的。

我是用足力气回答这个问题。"半途而废",用力了,下一句,更用力了,"也许未必就能怎么样。"

讲中年辈时,老资格的样子,用点文言如"其功急"、"其利近"等等——"怎么会这样的呢",自己这么一问,主题托出来,但马上又压下去:"品性怎么会贫困的呢?"长话不能短说(不愿跟这些人说)。

后面"'文学',酸腐迂阔要不得",光说"酸腐",字不够,四字才好,才有厚度。下面"便佞油滑",也得四个字。

再后面,以"生命力"代替才华,三次用,加强语气,有快感,有力度——下面说"一直一直希望下去",就算宽厚一些。最后几句。是不让他们说话:你们不要胡来,不要提什么当代的文学水准——"不用比,无从比",脸一板。

问:您认为作为一个作家最重要的条件是什么?
答:诚吧。
(毕加索说:我们这个时代缺乏的是热诚,塞尚感动我们的是他的热诚。)

第十问:正好来这个问题,用二字就可以了,还不够,借毕加索说一说。

问:作家这个行业最重要的职业道德是什么?
答:就是前面这个问题。
而且,"作家"是个"行业"?当"道德"由"职业"来规范时,还可能是道德?
倒可以谈谈作家最不道德的行径是什么,那是:存心欺骗人,蓄意狎弄人,使读者习惯于被欺被狎,久而久之,以为不是这样就不是文学——"这样"的现状,正是作家的作孽。

第十一问:你们头脑要非常清楚,不能给他面子。但不回答，太刻薄锋利，但还是忠厚（"职业道德"，这句话是不通的）。

问：好的作品、好的作家，用什么方式鼓励"最受用"？

答："好的作品"，"好的作家"，谁来定这两个"好"呢，若说好的作品好的作家是由"好的读者"、"好的评家"来判定，那么，又多了两个"好"，又是谁来颁赐的呢——姑置不论，姑妄就题论题：

已有好的作品，已列为好的作家，那就不需要鼓励。需要鼓励的是，写了些东西，不够好，而颇有可能写出好的东西来，那样的人（此时，称之为"作家"嫌早）鼓励鼓励，才值得设想一下什么是他所"最受用"的。

作品是物，物是无从鼓励的。作者是人，普通人，只要赞美。特殊人，但求理解。一流作家（漫长历史好容易作出仲裁的）其涵量百年千载理解不尽，赞美就显得很次要似的。如果在他有生之年，同代人能含糊地认知这种作家的"作品"的"人"，这点认知，便是百年千载的"理解"进程的启始，算是早的、顺利的、侥幸的。而其实倒是"鼓励"了读者：一、大体轮廓上看出面对面的是何种性质的作家、何种性质的作品。二、能解的解，不解的保持不解，这样就减少误会和歪曲——所以，宁是读者"最受用"，读者"受用"了，作者也不无"受用"之感。回过身来打量另外的那种只需赞美不求理解的

"作""家",恐怕有着什么根本性的隐衷。《聊斋志异》里面有许多女的男的,俊俏伶俐,非常之需要赞美,非常之不求理解,一旦眼看要被理解了,便逃之夭夭。

那么,大概总不外乎用"理解"这个方式去对待作家,是最受用的吧,在进程中,夹入几个褒义的动词形容词,那就不必计较了。

第十二问:编辑先生以为自己是大家长,婆婆妈妈。要把这东西弄破。谁来定这个"好"?这是常识问题。"姑置不论",不和他计较。下段,先是夫子自道,后来就骂他们。

问:您如果不是花这么多的时间写作的话,您想您会做什么?

答:骑马。弹琴(piano)。烹调川菜。去西班牙斗牛,不,看斗牛;午睡,那边都午睡,小偷也午睡。我是为夜间写作投资。

第十三问:这问题可以不回答,但给他一点面子。我在纽约哪有骑马、弹琴,但要这么写,塑造这样一个东西。"去西班牙斗牛"是故意说错话。再来一个具体的,"午睡"。故意这样。要有气度。

问：在什么地方（环境）你写得最顺意？

答：繁华不堪的大都会的纯然僻静处，窗户全开，爽朗的微风相继吹来，市声隐隐沸动，犹如深山松涛……电话响了，是陌生人拨错号码，断而复续的思绪，反而若有所悟。

第十四问。无非安静一点的地方。但也得像"秋菊打官司"，有个"说法"。答这两个问题，都是摆姿态。

问：您个人是否觉得与社会颇为格格不入？作为一个文学家，您是否觉得自己与社会的主导价值、流行时尚颇有距离？

答：就人类社会的整体观念的结构性而言，我容易认同并且介入。局部的一时的"格格"呢，能迁就的迁就，不能迁就的便退开（为了取得"退开"的能动性，花了数十年工夫）。另外则好在我从来没有"作为一个文学家"的自我感觉。时常听到别人在说"我们作家……"如何如何，觉得完全隔膜，反正别人的"我们"，对于我是"他们"（"她们"），闪身让开，免得挡了道。关于社会的"主体价值"、"流行习尚"，最好能处于"导演"的位置上，不行，便希望处于"演员"的位置上，又不行，退而作"观众"。社会是个剧场，观众至少也在剧场里，所以，若说"距离"，仅仅是观众席与舞台的一点距离，有时坐前排，有时坐后排，有时坐包厢，十八十九世纪似的。总之"距离"不大，大了就看不清演的是什么戏了——我是个戏迷，报纸上国际版、社会版的新闻每天看得仔细，文艺版娱乐版则一掠而过，不够戏味。我想，既然宿命地是个戏迷，我不入剧场谁入剧场？大概是这样，是这样的。

第十五问：他希望答者对两个问题"格格不入"、"保持距离"，都说 yes。确实是的，但我不肯回答，等于抓个女人跟她诉苦——诉什么？我不诉这个苦。

怎么办？居高临下，从大处着手："从人类社会……"我认同介入。关于导、演、观众，是既老实又不老实。其实是导演做不成，做演员，又不愿，做观众，叫叫。

以下是自己玩玩自己。

最后是我不入地狱，谁入地狱，口气很大，把地狱说成剧场。我是个救世主，失业的救世主。

你看一路下来多少危险的地方。答者不能掉下去。

莫扎特，差一点就是小孩子，幼稚可笑，但他从来不掉下去。

问：假如您的作品有正面的社会、政治影响的话，您希望它是些什么？

答：现代人（现代社会）缺乏或丧失两种远景：历史远景，理想远景。旧信仰式微之后，新信仰没多久就恶性地破灭了，再新的信仰，萌发不起来。如能凭借"过去"和"未来"的两极认知，结合为一个"观点"，并有赖于文学的本体性所可能潜起的亲和作用，便希望与读者共取这个"观点"，同事两种远景的执着，从而尝试判断，"现在"的失控，是否缘于"过去"的失落，必然导致"未来"的失败。（这个世界性的荒谬图景，表现在局部地域就特别彰著严重）"社会"、"人"变成不情不理无情无理的怪物。故以此反证：清醒于两种"远景"的存在感，尚能面临"失控"的年代时毕竟有所抗衡，有所肯定，有所葆储，有所荣耀，犹如古希腊人的"不丢盾牌"——道理粗浅如此，唯其粗浅，就不能不曲折盘旋地呈现它，才有可能近乎"文学"，即隐隐秉着这个棘心的意念，漫无实际的功利目的，兀自调理一群岌岌可危的方块字，不使僭越"文学"的本体界范。事情就差不多了。书，大别之是两类，一类水手读，一类船长读。我喜欢水手，原是想给水手取乐的，写写又写得似乎是为船长解闷了。弄得两方都嫌烦，水手嫌古板，船长嫌胡闹——要是中国的文学作品果真能有正面的社会、政治的良好影响，那就太令人兴高采烈了。在欧洲，这种事是有的，有过几次。中国，看看像是有了，又没有了。这种像是有了终究没有了的事，给人以希望。但，还有一件事：莎士比亚，他的作品，对正面的社会、政治影响是些什么？

第十六问：这算是问者的得意处。你一本正经，我也一本正经。"新信仰没多久就恶性地破灭了。"光是写"破灭了"，不行的，密度不够，要加上"没多久"就"恶性地"。以下有所"抗衡"、"葆储"、"荣耀"，是名词，要有个形容："不丢盾牌。"

你们以为高深，道理粗浅如此。借以说出文学的本体性。我有功利目的，但却是"漫无实际的功利目的"。

硬性的讲完，讲点软性的。于是讲讲书、水手、船长之类。最后，引莎士比亚，把我前面谈的全翻掉——不必找这个东西。什么"正面社会影响"，讲那么多，最后啪的一下全撤掉。

问：除了写作，作家对社会还有什么其他的责任？请列举。
答：应得向"作家意识"明确的人请教。很想听听，到底作家除了把作品写好之外，还有什么责任可尽，而且确凿是尽了的，以及正在尽和将要尽的总共有多少。更令人好奇的是：如果"其他的责任"尽得真不错，尽得好透了，而"作品"写得太那个，或者写得有点近乎糟糕——怎么办呢？

第十七问：他们又是有心里准备的：到孤儿院养老院去，男男女女花枝招展，去访贫问苦。所以问这个，真怪，还请你举例。所以我一上来就叫他们去向别人请教，别来问我，钉死——不能说"写得不好"，是"太那个"了。

问：出版界对中国作家是否尽到应尽的责任？学术界呢？
答：出版界也很复杂哩，看不清的不谈，看得清的是眼前的书，很丑，形式上很丑，反而不及三十年代的稚拙得有风味。中国传统的书，极为雅致，十分讲究格调，在世界性的书的大观中，自成典范，说明祖先们全然精通此道。这个人文高度的标帜已属畴昔光荣，像古代衣冠，美则美矣，不为现代生活所许可。西洋的印刷机和技术（包括纸张、制纸法）传来之后，局面别开，而奇怪的是：对于字体、版式、印刷、装帧，整本书的形象效果，竟会历一百年尚未融会贯通——不是小事，事情大在整个民族的文化教养、艺术常识上，出版界看不出自己的书的面貌是丑时，而据说读者（购买者）就是喜欢艳俗、小家子气那种样子（书的作者们也颇安于现状），供方摸到了求方的心理，推演为：愈艳俗愈小家子气，销路愈佳。那么，从旁再加推演，十年百年下去，不堪设想的局面是堪设想的。

改善改良书的形象，有待整个民族新的人文高度的出现，单向出版界进谏，没有用，出版界，能卖得掉的才是书。

学术界，"学术界"之与"作家"，似乎不存在"应尽的责任"，真有这样一重精神生活上的伦理关系吗？学术界所事范畴广袤，对文学史、文学家、文学作品、文学思潮等方面的研究，仅是许多方面中的某些方面，如果这些方面的研究风气盛，成果大，并不印证当代的文学创作繁荣，更不是说对作家尽了责。只有"文学批评"一项，如果出了优秀的批评家，高超的大批评家，与之同代的作家、大作家受其照耀，都可能得个什么好歹名堂（但批评家、大批评家如果只对历史上的作家、大作家有兴趣,对同代的作家、大作家没有兴趣,那也不能埋怨他"不尽责"),反之,出了颠顶昏庸的文学批评家,那就只会乱了文学的"朝纲",争座位时,制造些专供外扬的家丑。所以,若论文学的学术活动,最好还是文学家自己来兼。西欧的情况,每每如此,尤其近代,创作的天才往往就是批评的大才,神而明之的诗人也博而精之地写论文、作讲演,出色当行极了。

从历史上求证,文学的学术活动与文学的创作活动不平行的时期多,平行的时期少。学术昌明,创作暗澹,有之。学术疲,创作兴旺,有之——历史上是这样,当今不外乎是这样。而希望的是学术创作昌明兴旺,因为历史上也曾有过这样的几个平行期。

第十八问:他也钉下去了,以为问得很专门。我也不让,认真下去。讲出版界、书店、读者,然后用"供方"、"求方",有个硬度。"不堪设想的局面是堪设想的。"先用形容词,后面的"堪"是指事实。再来个"专供外扬"的"家丑"。

问:成为作家以来,您所付出的最大代价是什么?

答:我的"以来",只是投稿、结集以来。没有"付出"而有"收入",例如稿酬、版税、赠书,都照收不误。一定要说"代价",除非是指自己花钱买自己的书,去送给别人,别人不喜欢,扔掉了——"代价"很小,付得起,以后也许还要送。写作是快乐的，醉心于写作的人，是个抵赖不了的享乐主义者。

第十九问：开开玩笑了。许多人会讲创作如何心血劳动，大多数来抱怨太太不支持之类。写作是快乐的。如果你跳舞、画画很痛苦，那你的跳法、画法大有问题。

问：您对目前市面的畅销书排行榜的看法？可能造成何种影响？

答：商品社会不受文化制约，便反过来制约文化。文化一旦成为商品，必然变质。古典、经典之作也会被弄得面目不清。次文化大量上市，把更次一等的作为陪衬，"次文化"就正名为"文化"，至此"文化"名存实亡，至多作为装饰，购买者是消费者，书是消费品。书市凋疲固非好现象，书市兴隆何尝是文化景气。法兰克福学派成立之初，慨然定了"文化批判"的题，几十年来观察思索，得出的模式是：文化＝意识形态＝操纵性工具。"当代"也真不笨，意识形态可以用和谐的假象覆盖社会矛盾，文化成果不知不觉变成文化商品。法兰克福学派独创了一个词"文化工业"，为了便于说明当代工业社会的文化，是经由对大众心理的控制而发生作用的。所谓"畅销书排行榜"，正是很格致的例证。

"文化"，原具有对现实的批判性、否定性、抉择性（超越现实的追求），然而当代工业社会文化，连一点内心自由和精神上的判断力也保持不住，整个世界沦为单向度的维护既成秩序的肯定性文化，以法兰克福学派的目光来看，这是当代工业社会的极权性的普遍表现，追根一直追到广义的"启蒙"，浩叹为"启蒙的辩证法"、"文化的宿命"——面对这样的"世纪末"，区区比之霍克海默诸公，心情自更悒郁，脾气也愈急躁，然而从东方来的过客，眺见西方的人文背景毕竟还是深厚，多元之多，多元之元，总觉得其间葆蕴着什么希望似的。反思中国文化命脉的延续和发展，只能期许于社会的多元架构的缔造。中国的现状是，有的地区"元"而不"多"，有的地区"多"而不"元"，"文化"一直在商品和政令的夹缝里喘息，中国文化可真经得起折腾，这个韧性，也许便是希望之所在，不妨提前"其言也善"，走着瞧而瞧着走吧。

第二十问：希望我骂骂畅销书，又希望你也在榜上。这问题我们又要有个常识：问题问到十九、二十，你要回答得好，即使后面的问题是小题，也要大作，是次要，也要弄成主要——十九问，我没法大抓，二十问，给我抓住，大大发挥了些。从前破题要一鸣惊人，否则不是人。承，转，到后面一定要转。举实际例子，达到抽象的证实，就是"格物致知"。最后一句："不妨提前'其言也善'。"其实是死了。

这段答牵涉比较大。其中为什么借用法兰克福学派？借刀。

你们不听木心,那去听听法兰克福学派。

这篇访谈一出,再也没人来找我访谈了。
把提问者奚落了。

塔下读书处

接着讲《塔下读书处》。

第一次发表,叫《忆茅盾书屋》。后来改名。当时是策略,吸引读者。读完后,可知作者很傲慢。这人来历不凡——"昭明太子读书处"的来历——很傲慢。但埋得深,不要紧,浅浅的傲慢,要被人笑的。

我家后园的门一开,便望见高高的寿胜塔,其下是"梁昭明太子读书处",那个旷达得决计不做皇帝,却编了部《文选》的萧统,曾经躲到乌镇来读书。

鲁迅:后园,两棵枣树。我:"后园的门一开,便望见高高的寿生塔。"有共通处,写法看似不一样。"后园"、"门"、"塔",三名词。"一开"、"看见",动词——连系起来了。其实这塔离我家还有一段路。不可想象的:哪有一打开后门就是高塔?大家写作不要太老实。

乌镇，又叫青镇，后来又一半叫乌镇一半叫青镇，后来仍旧整个叫"乌镇"，不知为什么，我记得是这样。

二段，忽然不写塔了。按理应该写下去的，却写起人事来（开篇那段，举重若轻），说起乌镇名的来由，"不知为什么，我记得是这样。"其实我知道的。但我写少年时期，要有孩子气。以下可以放慢了。

江南杭嘉湖一带，多的是这样的水乡古镇，方围甚大，人丁兴旺，然而没有公路，更谈不上铁道，与通都大邑接触，唯有轮船，小得很，其声卜卜然，乡人称之为"火轮船"——那是三十年代前后……每闻轮船的汽笛悠然长鸣，镇上的人个个憧憬外省外市的繁华风光，而冷僻的古镇，虽也颇为富庶，颇能制造谣言和奇闻，毕竟百年孤寂，自生自灭。

慢慢说下去。三段。

"镇"，要加个"古"字。抬起来了。"小镇"？不行的。"其声卜卜然"，是出《赤壁赋》中"其声呜呜然"来。好得很，要用。"三十年代"，要加"前后"，范围大了，可以进退。这样表过，人物可以出场了。"乌镇有个文人叫茅盾"，那不行，太傻了。

当已经成名的茅盾坐了火轮船，卜卜然地回到故乡乌镇，从来惊不皱一池死水，大家连"茅盾即沈雁冰"的常识也没有，少数通文墨者也只道沈家里的德鸿是小说家，"小说家"，比不上一个前清的举人，而且认为沈雁冰张恨水顾明道是一路的，概括为"社会言情小说"，广泛得很。

四段，成了名的茅盾，接"卜卜然"的轮船。

茅盾回家，旨在省母，也采点《春蚕》、《林家铺子》这类素材。他不必微服便可出巡，无奈拙于辞令，和人兜搭不热络，偶上酒楼茶馆，旁听旁观而已，人又生得矮瘠，状貌像一小商人，小商人们却不认他为同伙。

五段，回家的目的，要写得利落。"不必微服便可出巡"，开开玩笑。

在乌镇人的口碑上，沈雁冰大抵是个书呆子，不及另一个乌镇文人严独鹤，《申报》主笔，同乡引为光荣，因为《申报》是厉害的，好事上了报，坏事报上了，都是天下大事，而小说，地摊上多的是，风吹日晒，纸都黄焦焦，卖不掉。

六段，很真实。是这样的。从前《申报》主笔，还得了！

但也有人慕名来找沈雁冰,此人决意要涉讼,决意少花涉讼费,便缘亲攀故地恳请茅盾为他做一张状纸,茅盾再三推辞,此人再四乞求,就姑且允承下来,而这是需要熟悉律例和诉讼程序,还得教给当事人出庭时的口供,小说家未必精通此类八股和门径,茅盾写付之后,此人拿了去请土律师过目,土律师哈哈大笑,加上职业性的嫉妒,一传两两传三,"沈雁冰不会做状纸",成为乌镇缙绅学士间历久不衰的话柄,因为人们从来认为识字读书的最终目的是会做状纸,似乎人生在世,为的是打官司。

七段,"写付",可以了,不能"写完之后交给某某"。真的。我小时候一天到晚听说这事。

茅盾当然不在乎此,燕雀何知鸿鹄之志,无非是落落寡合,独步小运河边,凝视混绿的流水在桥墩下回旋,心中大抵构思着什么故事情节,不幸被人发现而注意了,又传开一则新闻:"沈雁冰在对岸上看河水看半天,一动勿动!"

八段,是我姐夫告诉我的,是恭维他的,说文学家到底不一样。写是写茅盾,其实是写乌镇人什么都不懂。

抗日战争时期,茅盾先生携眷生活在内地,沈太夫人大概已经逝世,沈家的老宅,我三日两头要去,老宅很普通,一层楼,砖地,木棂长窗,各处暗沉沉的,再进去,豁然开朗,西洋式的平房,整体淡灰色调,分外轩敞舒坦,这是所谓"茅盾书屋"了,我现在才如此称呼它,沈先生不致自名什么书屋的,收藏可真丰富——这便是我少年期间身处僻壤,时值战乱,而得以饱览世界文学名著的娜嬛福地了。

九段,我是小辈,所以有时要加"茅盾先生"。前面提茅盾,口气是乌镇人在说他。"娜嬛",上帝的图书馆。

与沈氏究属什么故戚,一直不清楚,我母沈姓,从不叙家谱,只是时常听到她评赞沈家太夫人的懿德睿智。茅盾辄患目疾,写作《子夜》之际,一度眼疾大发,呆在乡间郁闷不堪,沈太夫人出了个主意:且赴上海,一边求医,一边去交易所、证券大楼这些地方坐坐,闭了眼睛听听,对写小说有帮助。茅盾就此如法炮制,果然得益匪浅,目疾既瘥,"多头"、"空头"也瞭然胸中了——茅盾的回忆录中大事表彰的"黄妙祥",就这样常来道说沈家事,又不知为什么我叫他"妙祥公公",黄门与沈门四代通家之好,形同嫡系,我的二表哥是黄门女婿——由此可见一个古老的重镇,世谊宿亲,交错累叠,婚来姻去的范围,不外乎几大氏族,一呼百应,周旋固是顺遂,恐怕也就是因循积弱的原委了。

十段，表表我与他的关系。真表，肉麻，不表，不算名堂。所以迷离惝恍。表多了，一下子收拢，是最后几句的意思。老资格的样子。既把人际关系，又把我与沈家的关系，清楚不清楚地交代了，否则你怎么跑到他家书屋去。

我对沈氏的宗谱无知，对茅盾书屋的收藏有知，知到了把凡是中意的书，一批批拿回家来朝夕相对。

十一段，说明关系也者，就是要读书。

事情并非荒唐，那年月，沈宅住的便是茅盾的曾祖父特别信任的黄妙祥一家人，也许是为"老东家"看守旧基吧，乌镇一度为日本军人势力所控制，茅盾当然不回归，黄家住着就是管着，关于书，常有沈氏别族子弟来拿，不赏脸不行，取走则等于散了，是故借给我，便算是妥善保存之一法，说："你看过的书比没有看过还整齐清爽。"那是指我会补缀装订。世界文学经典是诚惶诚恐的一类，高尔基题赠、巴比塞们签名惠寄的是有趣的一类，五四新文艺浪潮各路弄潮儿向茅盾先生乞政的是多而又多的一类，不少是精装的，版本之讲究，在中国至今还未见有超越者，足知当年的文士们确凿曾经认真，曾经拼力活跃过好一阵子。古籍呢，无甚珍版孤本，我看重的是茅盾在圈点、眉批、注释中下的功夫，茅盾的传统文学的修养，当不在周氏兄弟之下。看到前辈源远流长的轨迹，幸乐得仿佛真理就在屋脊上，其实那时盘旋空中的是日本轰炸机，四野炮声隆隆，俄而火光冲天，我就靠读这许多夹新夹旧的书，满怀希望地度过少年时代。十四五岁，不幸胸腹有疾，未能奔赴前线，听那些长于我健于我的青年们聚在一起，吹口琴，齐唱"五呼月的鲜花，开遍了原唉野，鲜花啊掩盖着志儿士的鲜血……"觉得很悲壮，又想，唱唱不是最有用，还是看书吧。

十二段，第一次发表中，有句是"古籍本我家比沈家多"，后来想想，何必卖弄，去掉了。唱词中加入"唉"、"啊"，有味道，莫名其妙。鲁迅也加的。

抗日战争忽然胜利，我的宿疾竟也见疗，便去上海考进一家专科学校，在文艺界集会上见到茅盾先生，老了不少，身体还好，似乎说仍住在山阴路。不久黄妙祥的独生子阿全自乌镇来，约我去沈雁冰家叙旧，有什么旧可叙呢，我一直不要看他的小说，茅盾能背诵《红楼梦》？半信半疑，实在很滑稽。阿全说："雁冰还记得，我提起你，他说'是不是那个直头直脑的'，去吧，去看看他又不会吃亏的。"我也记得曾经问过茅盾，是不是在日本真的开过豆腐店，隔了十年，再问点什么？

十三段，故意把我的病和抗战夹在一起。茅盾问我是否那直头直脑的，我问他是否在日本开过豆腐店，都是没有的事。老老实实写，没什么好写的。

似乎是夏天，初夏，一进茅盾的卧室兼书房，先入眼的是那床簇新的台湾席，他穿中式白绸短衫裤，黑皮拖鞋，很高兴的样子，端出茶，巧克力，花旗蜜橘。

十四段，"似乎是夏天"，回忆就这样。茅盾家中的台湾席，茅盾的穿着，都是真的——全是真的，不真；全不真，也不真。

"我一直以为作家都穷得很？"发此言是鉴于当时在上海吃花旗蜜橘是豪奢的。

十五段，其实我没问过。我没那么傻。要写前面那直头直脑，但不用"我"字。话必然是我问的。

茅盾答道："穷的时候，你没有看见。"

十六段，很合茅盾身份，其实他没有说这话。

记得我只喝了茶。他和阿全谈乌镇的家常事——墙上的笔插是用牛皮纸折出三层袋，钉起来，几枝大概很名贵的狼毫，斜签着，其他是信，应该称为信插，类似乌镇一般小商店账房中所常见的。

十七段，我东看西看，但不必写出这几个字，忽而写到墙上就行。

他逗我谈话了，我赶紧问：

"为什么沈先生在台上讲演时，总是'兄弟，兄弟'？而且完全是乌镇话？听起来我感到难为情！"儿时称他"德鸿伯伯"，此时不知何故碍于出口，便更作"沈先生"。

十八段，也没问这句话。但心里想问。称呼问题上，心理上，很真实。

"我不善讲演，真叫没有办法，硬了头皮上台，国语就学不好，只有乌镇话，否则发不了声音呀。"

他的诚恳，使我联想起那些书上的小楷眉批。

十九段，他也没说过这些话。但是就是一声不响东看西看。只有一事是真的：不要他给书上签名。

"那末'兄弟兄弟'可以不讲？"我像是有所要求。

"是的,也不知什么时候惹上了这个习气,真的,不要再'兄弟兄弟'了。"

二十段、二十一段,这些对话都是没有的,都是创作。我也没提要还书。心里是想占为己有,他也根本没有提——沈夫人问茅盾演讲给多少钱,是真的。

我忽然想到下次还是可能在什么文艺集会上听到他的"兄弟——",便提前笑起来,而且又问道:
"为什么西装穿得那么挺括?"
"我人瘦小,穿端正些,有点精神。"
这一解答使我满意,并代他补充:
"留须子也是同样道理吧,周先生也适宜留须子。"
"他的浓,好。"
"周先生的文章也浓,沈先生学问这样好,在小说中人家看不出来。"
"用不上呀,知识是个底,小说是面上的事。你写什么东西吗?"
"写不来,我画画。"
"阿全说你很喜欢看书?"
"沈先生在乌镇的书,差不多全被我借了,你什么时候回乌镇,或者阿全伯伯这次转去就叫我家里派人送还。我一本也没有带出来。"

"房子要大修,以后再讲吧,听说你保管得很好,你这点很好,很好的。"

"沈先生勿喜欢讲演,何必每次都要上台去。"

茅盾夫人过来沏茶,插话道:

"德鸿,他们叫你去讲演,一次给多少钱?"

茅盾挥挥手:"去去,不要乱问。"

当时我是个自许思想进步的学生,却不甚清楚这种讲演的使命,每见其窘扼之状,但愿他有办法脱却困境。

我不懂小说作法,茅盾先生无兴趣于图画,沈夫人则难解讲演之义务性,阿全是泰兴昌纸店老板,对小说图画讲演概不在意,性嗜酒,外号"烧酒阿全",坐在一旁快要睡着了,我说要告辞,他倒提醒我:"你可以讨几本书啊!"

"要什么书?说吧!"茅盾先生拉我到一个全是他新版著作的柜子前,我信手抽了本《霜叶红似二月花》。

"要题字吗?"

"不要了不要了。"我就此鞠躬,退身,下楼梯。

茅盾夫妇在楼梯口喊道:"下次再来,下次来啊!"

走完楼梯,阿全悄声问我:"你怎么叫他沈先生?"

"因为他是文学家哪。"其实我根本不是这个意思。

《霜叶红似二月花》也和茅盾其他的书一样,我看不下去。

直到后来,才渐渐省知我的刚愎的原委——森严的家教中我折磨过整个童年少年,世俗的社交,能裕然进退合度,偏偏是面对文学前辈,我一味莽撞,临了以为"题字"岂不麻烦,说"不要了不要了"是免得他拔笔套开墨匣……之所以肆意发问,倒是出于我对茅盾先生有一份概念上的信赖,不呼"伯伯"而称"先生",乃因心中氤氲着关于整个文学世界的爱,这种爱,与"伯伯"、"蜜橘"、"题字"是不相干的,这种爱是那书屋中许许多多的印刷物所集成的"观念","观念"就赋我"态度",头脑里横七竖八积满了世界诸大文学家的印象,其间稍有空隙,便挂着一只只问号,例如,听到什么"中国高尔基"、"中国左拉",顿时要反质:为何不闻有"俄国鲁迅"、"法国茅盾"的呢?

都知道继往是为了开来,这本是很好很不容易很适宜于茅盾一辈文学家担当的。《幻灭》、《动摇》、《追求》时期,仅是个试验。《子夜》时期,成则成矣,到头来远几步看,那是一大宗概念的附着物。《腐蚀》时期,茅盾渐臻圆熟,然而后来,后来呢,五十年代,六十年代,七十……应是黄金创作期,他搁笔不动,直到日薄西山,才匆匆赶制回忆录,可谓殚精竭力,实则是文学之余事,他所本该写、本能写的绝不是这样一部烦琐的自然主义的流水账,文学毕竟不是私人间的叙家常,叙得再缜致也不过是一家之常而已。

茅盾的文学起点扎实,中途认真努力过来,与另外的颓壁断垣相较,就俨然一座丰碑。难释的怅憾是:虚度了黄金写作期,自己未必有所遗恨,至少在"回忆录"中滔滔泛泛而不见有一言及此义者。

获麟就绝笔,那是千年前的倔脾气,现代人已知道麒麟可能就是长颈鹿,捉住了关进动物院,与哲学文学是毫无象征性的——从茅盾的最后赶制回忆录的劲道来看,他的写作欲望和力量无疑是有的,那末……

那末如果有人说:

"这是值得沉思的啊!"

那末我说:

"你深思过了没有?"

我仿佛又听到轮船的汽笛悠然长鸣……

传闻乌镇要起造"茅盾图书馆",这是好事向上的事。可惜那许多为我所读过、修整装订过的书,历经灾祸,不知所终了,不能属于一代又一代爱书的人们了。

睽别乌镇四十余年,如果有幸回归,定要去"茅盾图书馆"看看,问问,藏有多少书,什么人在看什么书。

寿胜塔谅必已经倒掉,昭明太子读书处自然也随之夷为平地。乌镇应有新一代新二代的兄弟是可爱的。"兄弟,兄弟",在纯贞的意义上值得含笑称呼。倘若先限于"文学的范畴",那末这个称呼就更亲切,更耐人寻味而非寻遍范畴不可了。

分别情形,也是真的。

第一讲 谈自己的作品

篇末,把他的"兄弟,兄弟"——那是国民党说话的习惯——用到文字上去。

《塔下读书处》之前,我没有写过这类东西,都是"洋派头"。难在一个小孩子在看。要掌握这个距离。

第二讲

再谈萨特，
兼自己的作品

《九月初九》

一九九三年三月二十一日

一篇文章，你要动手写，全部精力要定在头一句。中国从前叫做"破题"。一法是正面破题，一法是意外的侧面的来。

把整个题破掉，一般说，这种破法是傻的。但我把谜底拎在前面是比较大胆的——你得估量你在后面有足够的东西可以发挥。

我反对用韵。反对用韵，用起来就好。

我早就有艺术家不能当哲学家的想法。康德要是做音乐家多好，二律背反一定很好听，小提琴、钢琴一起来。

要用力气，所谓用力，就是举重若轻。

大家自己对自己，要落落大方。

"文学演奏会"第二讲笔录原件

上次讲自己作品，据说大家喜欢听。今天一半一半，上半堂课继续讲萨特，下半堂课讲我的《九月初九》。

再谈萨特（略）。休息。

《九月初九》，写在1984年。我还没重看一遍。用现在的观点看，要修改了。但有的作品，我就让它去。

谈中国的人和自然，真在题目上标榜，太学究气。想来想去，取"九月初九"，秋高气爽，登高，念旧。

起初投《中国时报》（编按：台北）。居然一年不发表。我没有退稿记录，结果去要求退稿。退回了。据说，是编辑认为我在文章里的观点是不对的。结果寄给《联合报》（编按：台北）的痖弦，马上发了。

有这样的事。

九月初九

中国的"人"和中国的"自然",从《诗经》起,历楚汉辞赋唐宋诗词,连绵表现着平等参透的关系,乐其乐亦宣泄于自然,忧其忧亦投诉于自然。

开头。一篇文章,你要动手写,全部精力要定在头一句。中国从前叫做"破题"。一法是正面破题,一法是意外的侧面的来。我这次用的是前一法。整篇文章都在写"连绵表现着平等参透的关系"。用这一法,就要吃得准,拿准了,写下去。

把整个题破掉,一般说,这种破法是傻的。但我把谜底拎在前面是比较大胆的——你得估量你在后面有足够的东西可以发挥。

"乐其乐……忧其忧",是托前面一句主题。用了"宣泄"、"投诉"这样的词。借范仲淹名句。

在所谓"三百篇"中,几乎都要先称植物动物之名义,才能开诚咏言;说是有内在的联系,更多的是不相干地相干着。学士们只会用"比"、"兴"来囫囵解释,不问问何以中国人就这样不涉卉木虫鸟之类就启不了口作不成诗,楚辞又是统体苍翠馥郁，作者似乎是巢居穴处的，穿的也自愿不是纺织品。

"三百篇"，加"所谓"二字，是"大概"的意思。这一段，是文雅的借用，不能老老实实自己讲起来。后来的俏皮话（说汉赋缘等），要好心，不能油滑。写"作者"而他不点"屈原"，点名，太重了。写他们，要敬爱。

汉赋好大喜功，把金、木、水、火边旁的字罗列殆尽，再加上禽兽鳞介的谱系，仿佛是在对"自然"说："知尔甚深。"

到这儿，马上底下要竖点真功夫出来。"汉赋好大喜功，把金、木、水、火、土边旁的字罗列殆尽……"从前，汉赋等于字典。许多字只能到汉赋里去查。但这一层，当然不能说。

直到对自然仿佛"知尔甚深"，可以语气停一停，转到唐代。

到唐代，花溅泪鸟惊心，"人"和"自然"相看两不厌，举杯邀明月，非到蜡炬成灰不可，已岂是"拟人"、"移情"、"咏物"这些说法所能敷衍。

引诗，我不喜欢引原诗。要改装过。接二连三要拿出东西来。

第二讲　再谈萨特，兼自己的作品

宋词是唐诗的"兴尽悲来",对待"自然"的心态转入颓废,梳剔精致,吐属尖新,尽管吹气若兰,脉息终于微弱了。

"吐属尖新"、"吹气若兰",正好形容宋词。(举曹操三十里"绝妙好辞"的典故。惜未记。)[1]

第一长段,有个细的东西藏在里面:是押韵的。我反对用韵。反对用韵,用起来就好。

接下来大概有鉴于"人"与"自然"之间的绝妙好辞已被用竭,懊恼之余,便将花木禽兽幻作妖化了仙,烟魅粉灵,直接与人通款曲共枕席,恩怨悉如世情——中国的"自然"宠幸中国的"人",中国的"人"阿谀中国的"自然"?孰先孰后?孰主孰宾?从来就分不清说不明。

说到唐以后,明清就不必一一举了,一句"接下来",就讲下去(明清笔记中,自然与人睡在一起,还生孩子)。

---

[1]《世说新语·捷悟》,曹操途经曹娥碑。石碑背面有谜面曰:"黄绢、幼妇、外孙、齑臼"。曹操问杨修是否知道谜底。杨修说:"知道。"曹操说:"你先别说,等我想想。"走出三十里地,曹操说:"我知道了。"他和杨修各自写出答案:"黄绢,有色的丝织品,是'绝'字;幼妇,少女的意思,是'妙'字;外孙,是女儿的孩子,是'好'字;齑臼,承受、捣碎辛辣调料的器具,是'辞'字。连起来,是'绝妙好辞'。"曹操不由感叹:"我比不上杨修,三十里后才明白。"——编按

第二长段，讲到儒、道、释，涉哲学范畴了。

儒家既述亦作，述作的竟是一套"君王术"；有所说时尽由自己说，说不了时一下子拂袖推诿给"自然"，因此多的是峨冠博带的耿介懦夫。

儒家，其实是既述又作，讲的是一套君王术。除了孟子讲讲人民，孔子他们一句不说。"峨冠博带"，古人有句"君子死，不免冠"。子路被杀得遍体鳞伤，还挣扎去抱回帽子。

格致学派在名理知行上辛苦凑合理想主义和功利主义，纠缠瓜葛把"自然"架空在实用主义中去，收效却虚浮得自己也感到失望。

格致学派，指理学家。他们是理学家，又是理想主义，又是功利主义，那是不行的。

释家凌驾于"自然"之上，"自然"只不过是佛的舞台，以及诸般道具，是故释家的观照"自然"远景终究有限，始于慈悲为本而止于无边的傲慢——

对佛教的判断："始于慈悲"，"止于无边的傲慢。"开始是慈悲,最后是"天上地下,唯我独尊"。

粗粗比较,数道家最乖觉,能脱略,近乎"自然";中国古代艺术家每有道家气息,或一度是道家的追慕者、旁观者。道家大宗师则本来就是哀伤到了绝望、散逸到了玩世不恭的曝日野叟,使艺术家感到还可共一夕谈,一夕之后,走了。(也走不到哪里去,都只在悲观主义与快乐主义的峰回路转处,来来往往,讲究姿态,仍不免与道家作莫逆的顾盼。)

(野叟,吃水芹菜,晒晒太阳……)

然而多谢艺术家终于没有成为哲学家,否则真是太萧条了。

我早就有艺术家不能当哲学家的想法。康德要是做音乐家多好,二律背反一定很好听,小提琴、钢琴一起来。

休息。
我说,《九月初九》写得好。
木心:"这是下策。我何以出去干这种事情,粉墨登场。我喜欢的是做陶渊明那样的事。"又说,"当时你说,你把它写出来。我只好给自己出难题","要用力气,所谓用力,就是举重若轻"。

"自然"对于"人"在理论上、观念上若有误解曲解,都毫不在乎。野果成全了果园,大河肥沃了大地,牛羊入栏,五粮丰登,然后群莺乱飞,而且幽阶一夜苔生——

野果,自然,果园,人工。大河本来不是为了肥沃土地,可是你人要肥沃,就来肥沃。

"然后,群莺乱飞",开玩笑了。

历史短促的国族,即使是由衷的欢哀,总嫌浮佻庸肤,毕竟没有经识过多少盛世凶年,多少钧天齐乐的庆典、薄海同悲的殇礼,尤其不是朝朝暮暮在无数细节上甘苦与共休戚相关,即使那里天有时地有利人也和合,而山川草木总嫌寡情乏灵,那里的人是人,自然是自然,彼此尚未涵融尚未钟毓……海外有春风、芳草,深宵的犬吠,秋的丹枫,随之绵衍到煎鱼的油香,邻家婴儿的夜啼,广式苏式月饼。大家都自言自语:不是这样,不是这样的。心里的感喟:那些都是错了似的。因为不能说"错了的春风,错了的芳草",所以只能说不尽然、不完全……异邦的春风旁若无人地吹,芳草漫不经心地绿,猎犬未知何故地吠,枫叶大事挥霍地红,煎鱼的油一片汪洋,邻家的婴啼似同隔世,月饼的馅儿是百科全书派……就是不符,不符心坎里的古华夏今中国的观念、概念、私心杂念……乡愁,去国之离忧,是这样悄然中来、氤氲不散。

第二讲 再谈萨特,兼自己的作品

前段一本正经,所以在第三段多写日常生活细节,但要和前面调和,细致的描写,要和去国的大愁连在一起。

中国的"自然"与中国的"人",合成一套无处不在的精神密码,欧美的智者也认同其中确有源远流长的奥秘;中国的"人"内充满"自然",这个观点已经被理论化了,好事家打从"烹饪术"上作出不少印证,有识之士则着眼于医道药理、文艺武功、易卜星相、五行堪舆……然而那套密码始终半解不解。

写到"精神密码",要用点"现代"写法了。

因为,也许更有另一面:中国的"自然"内有"人"——

到中国的"自然"里有"人",点出自己的看法。

谁莳的花服谁,那人卜居的丘壑有那人的风神,犹如衣裳具备袭者的性情,旧的空鞋都有脚……

"谁莳的花服谁",轻轻写,一步步写。写到旧鞋"都有脚",总该服了吧。

古老的国族,街头巷尾亭角桥堍,无不可见一闪一烁的人文剧情、名城宿迹,更是重重叠叠的往事尘梦,郁积得憋不过来了,幸亏总有春花秋月等闲度地在那里抚恤纾解,透一口气,透一口气,这已是历史的喘息。稍多一些智能的人,随时随地从此种一闪一烁重重叠叠的意象中,看到古老国族的辉煌而褴褛的整体,而且头尾分明。

写到"古老国族的辉煌而褴褛的整体",与"脚"对应。写到这儿,可以歇歇,抽口烟,想,这小子还聪明。

古老的国族因此多诗、多谣、多脏话、多轶事、多奇谈、多机警的诅咒、多伤心的俏皮绝句。茶、烟、酒的消耗量与日俱增……唯有那里的"自然"清明而殷勤,亘古如斯地眷顾着那里的"人"。大动乱的年代,颓壁断垣间桃花盛开,雨后的刑场上蒲公英星星点点,瓦砾堆边松菌竹笋依然……总有两三行人为之驻足,为之思量。而且,每次浩劫初歇,家家户户忙于栽花种草,休沐盘桓于绿水青山之间——可见当时的纷争都是荒诞的,而桃花、蒲公英、松菌、竹笋的主见是对的。

另外(难免有一些另外),中国人既温暾又酷烈,有不可思议的耐性,能与任何祸福作无尽之周旋。在心上,不在话下,十年如此,百年不过是十个十年,忽然已是千年了。苦闷逼使"人"有所象征,因而与"自然"作无止境的亲媟,乃至熟昵而狡黠作狎了。至少可先例两则谐趣:金鱼、菊花。自然中只有鲥、鲫,不知花了多少代人的宝贵而不值钱的光阴,培育出婀娜多姿的水中仙侣,化畸形病态为固定遗传,金鱼的品种叹为观止而源源不止。野菊是很单调的,也被嫁接、控制、盆栽而笼络,作纷繁的形色幻变。菊花展览会是菊的时装表演,尤其是想入非非的题名,巧妙得可耻——金鱼和菊花,是人的意志取代了自然的意志,是人对自然行使了催眠术。中庸而趋极的中国人的耐性和猾癖一至于此。亟待更新的事物却千年不易,不劳费心的行当干了一件又一桩,苦闷的象征从未制胜苦闷之由来,叫人看不下去地看下,看下去。"自然"在金鱼、菊花这类小节上任人摆布,在阡陌交错的大节上,如果用"白发三千丈"的作诗方法来对待庄稼,就注定以颗粒无收告终,否则就不成其为"自然"了。

从长历史的中国来到短历史的美国,各自心中怀有一部离骚经,"文化乡愁"版本不一,因人而异,老辈的是木版本,注释条目多得几乎超过正文,中年的是修订本,参考书一览表上洋文林林总总,新潮后生的是翻译本,且是译笔极差的节译本。更有些单单为家乡土产而相思成疾者,那是简略的看图识字的通俗本——这广义的文化乡愁,便是海外华裔人手一册的离骚经,性质上是"人"和"自然"的骈俪文。然而日本人之对樱花、俄罗斯人之对白桦、印度人之对菩提树、墨西哥人之对仙人掌,也像中国人之对梅、兰、竹、菊那样的发呆发狂吗——似乎并非如此,但愿亦复如此则彼此可以谈谈,虽然各谈各的自己。从前一直有人认为痴心者见悦于痴心者，以后会有人认知痴心者见悦于明哲者，明哲，是痴心已去的意思，这种失却是被褫夺的被割绝的，痴心与生俱来，明哲当然是后天的事。明哲仅仅是亮度较高的忧郁。

中国的瓜果、蔬菜、鱼虾……无不有品性，有韵味，有格调，无不非常之鲜，天赋的清鲜。鲜是味之神，营养之圣，似乎已入灵智范畴。而中国的山山水水花花草草之所以令人心醉神驰，说过了再重复一遍也不致聒耳，那是真在于自然的钟灵毓秀，这个俄而形上俄而形下的谛旨，姑妄作一点即兴漫喻。譬如说树，砍伐者近来，它就害怕，天时佳美，它枝枝叶叶舒畅愉悦，气候突然反常，它会感冒，也许正在发烧，而且咳嗽……凡是称颂它的人用手抚摩枝干，它也微笑，它喜欢优雅的音乐，它所尤其敬爱的那个人殁了，它就枯槁折倒。池水、井水、盆花、圃花、犬、马、鱼、鸟都会恋人，与人共寒暑，或盈或涸，或茂或凋，或憔悴绝食以殉。当然不是每一花每一犬都会爱你，道理正如不是每个人都会爱你那样——

要留余地。当然不是每一花每一犬爱你，正如不是每一人爱你一样。要懂得自己脱身。

如果说兹事体小，那么体大如崇岳、莽原、广川、密林、大江、巨泊，正因为在汗漫历史中与人曲折离奇地同褒贬共荣辱，故而瑞征、凶兆、祥云、戾气、兴绪、衰象，无不似隐实显，普遍感知。粉饰出来的太平，自然并不认同，深讳不露的歹毒，自然每作昭彰，就是这么一回事，就是这么两回事。中国每一期王朝的递嬗，都会发生莫名其妙的童谣，事后才知是自然借孩儿的歌喉作了预言。所以为先天下之忧而忧而乐了，为后天下之乐而乐而忧了；试想"先天下之忧而忧"大有人在，怎能不戥然心喜呢，就怕"后天下之乐而乐"一直后下去，诚不知后之览者将如何有感于斯文——这些，也都是中国的山川草木作育出来的，迂阔而挚烈的一介乡愿之情。没有离开中国时，未必不知道——离开了，一天天地久了，就更知道了。

到最后一段，又从小问题拉到大问题（江河、巨泊等等），末尾两句，不必像主题那样正面，平实，讲完。

大家自己对自己，要落落大方。

再听我讲也没用，一定要自己写。

所谓健康，是多少病痛积成的，麻木，是多少敏感换来的。

第三讲

续谈萨特，
兼自己的作品

《S. 巴哈的咳嗽曲》

《散文一集》序

《明天不散步了》

一九九三年四月四日

在正经的场合，想到很不正经的事，很难控制。陀思妥耶夫斯基上刑场，注意到卫兵第三个铜扣生锈了。

英国苏佛克郡，我没去过，用资料用得好，比去过还好。去过了，外文不懂，东西太多，反而不好写。

这篇倒是我从前在大陆时写的风格,出来后,是换一种写法的。回头看,可传。幸亏那时写了，现在到底老了。那时居然有那种青春，借你们青春的光。我年轻时的东西，毁掉了，追不回来，这是青春的回光。

文中的作者，既不是天使，也不是魔鬼，是一个精灵。精灵，往上跳，天使，往下跌，魔鬼，他不跳，不跌，装出要跳要跌的样子，让人发笑。

天使，魔鬼，一属天堂，一属地狱，都是有单位的。精灵是没有单位的。你找他，他走了，你以为他不在，他来了。

我在艺术上求的是精灵这种境界。

"文学演奏会"第三讲笔录原件

今天把萨特讲完——后半课还是讲我的作品，大家选择讲哪篇。

续谈萨特（略）。休息。

大家选《散文一集》（台湾版）文章请木心讲。每人提的篇幅不一样。金高选《明天不散步了》，殷梅选《　》（未记），李全武选《　》（未记），丹青选《S.巴哈的咳嗽曲》。

木心决定讲《S.巴哈的咳嗽曲》。

"S.巴哈"，要分好几个巴哈——题目，要起得清楚。"咳嗽曲"，不通的。所以一看是俏皮的。我是想用不着转弯，不用写"赋格"之类。要轻，要快，所以"S.巴哈的咳嗽曲"。

S. 巴哈的咳嗽曲

冬夜（大雪之后）。

一开始，"冬夜（大雪之后）"。快，以最快的速度。但不是无的放矢。大雪后容易感冒，咳嗽。快，但是作者心还是很细。

林肯中心，梅纽沁独奏。（友人早早买了五张票，票上八时入场。七时找出两张，车程约四十五分钟，我们最终是三个人，还得上厕所……我们说了，也就入场如仪。美国至少有这点文明。当然三个人活该坐在三个角落。节目单来不及拿，也是忘了拿。）

第二段，还是快，简单。接着又是括弧，因为是次要的。但情节要交代清楚，爽利。当中忽然写"还得上厕所"，要把转折中细节扯开一句。"节目单来不及拿，也是忘了拿"，很真实的。

第一是SONATA形式的，竟闻所未闻，竟把德彪西听成了是德彪西逝世一二十年后的人写的，我的无知多可怕。听众咳嗽，悄然如空谷两三跫音。

接下来安安心心讲，讲节目，其中"我的无知多可怕"，伏笔，下面说明作者很懂。提出咳嗽。

下一段又用括弧。前面已经用两次，索性多用，不使前面孤零零。括弧有点像小提琴的弱音器，讲讲话中某一句语气轻。"钢琴也推到后台去"，说明作者细腻。

第二是巴哈的，PARTITA No.2，记得是 D 调，可爱的纯粹的小提琴独奏。（钢琴也推到后台去，美国至少有这点认真，或梅纽沁认真。）

下段用"亮丽的"，讽刺台湾用语。但这种效果不是稳拿，很可能不中，也不要紧。

全场此起彼落的咳嗽声此落彼起——真心诚意的，像海的浪花，或草原上散布的野花，亮丽的。

下段，怪自己听咳嗽，孩子气的自我俏皮。

此演奏厅的音响效果之佳显示出来，咳嗽多清晰，多传神，梅纽沁也拉得好。我一味地责怪自己一味地去听咳嗽。看海的时候，先见浪花。羊啃草，我也这样这样采白的黄的花……

第三讲　续谈萨特，兼自己的作品

下段,说笑话。

在正经的场合,想到很不正经的事,很难控制。陀思妥耶夫斯基上刑场,注意到卫兵第三个铜扣生锈了。

何不在家咳完了再来,何不将咳嗽存在银行里。古典音乐会不致达旦,散场,一起总咳嗽,岂非更心旷神怡。

下段说到 G 弦,也说明作者懂音乐。

梅纽沁一声不咳地拉这曲漫长的 PARTITA,五个乐章令人同情,而自始至终绝妙,就只中途调了调 G 弦,紧了一下弓,此外堪称完美。

下段:"博爱平等自由……成功",是警句(而且要加"之感"),但还得加上后面两句,否则不够到位。

幕间休息,全场咳嗽大作,有博爱平等自由革命成功之感,除了不咳嗽的,其他全咳了。

后面要料理结束,音乐很懂,这种结局没有人提出过。肖邦聪明,不入那一套——已经通向结束,理性,硬的一笔。

第三是弦乐重奏,还是可说是梅纽沁小提琴独奏音乐会。修培尔特不对,乐章的安排不对,第一章就是交响乐交响诗的料。十九世纪,如果要谈每个世纪各有各的聪明各有各的蠢笨,十九世纪音乐家在设计乐章上表彰了相当的蠢笨,谁能例外,贝多芬不例外,勃拉姆斯也许危危险险幸免。

下段结束了,又要揪住咳嗽(结束后的不咳嗽,说明先前咳嗽是神经性的)。

而最完美的是谢幕之顷,热烈的掌声(尤其前排的一群不穿晚礼服的老太太),热烈的掌声淹没了咳嗽声,我仔细辨别,那时,即梅纽沁谢幕时,不是掌声淹没了咳嗽声——没有一个人咳嗽。

最后一句,"我起誓",西方式的,希腊人喜欢起誓。

我起誓,是没有的。

好久不读这篇。今天读读,这小子还可以。
很委屈的。没有人来评价注意这一篇。光凭这一篇,短短一篇,就比他们写得好。五四时候也没有人这样写的。
幸亏那时写了。现在我是不肯了。何必。

讲《散文一集》的序。

这本散文集是粉墨登场,勉为其难。如果从《大西洋》篇看,我的起点太低。所以在"序"上要给人看点分量,后面的"跋"就多余(出书后懊悔难过)。以后再编书,可以去掉许多篇。

我想创造一个纪录:不像一般序,成一个独立的散文。

中国书序言,往往请人写。古书中不乏好序,很得体。新文化运动以来,以鲁迅的序最好,跋、后记,都好。但他不把这些作为文学作品看,还不完全自觉。"序"应该写成像一个蛋糕上的樱桃。

《散文一集》序

渔民的目的物是鱼,门前的沙滩上,铺晒着巨网,阳光直照,淡淡的海腥,生活清闲得多了,用机动船作业,英国的渔民都这样。东南部苏佛克郡(Suffolk),位于北海的奥尔德堡之滨,渔民村,锐角下斜的屋顶,为了冬季积雪融落得快些,桁梁用粗糙的原木构成各式格子,可谓欧罗巴古风。

首段,不止一个气氛。"渔民的目的物是鱼",谁不知道?所以可以写。现在常常"众所周知",那么不用你写了。

英国苏佛克郡,我没去过,用资料用得好,比去过还好。

去过了,外文不懂,东西太多,反而不好写。

行不多时,就进城了,那些神色不定的游客,见之心烦,全靠本地居民的蔼蔼晏晏,使这里显得可以小住一周。空气似乎特别清新,也是街上行人稀少的缘故,明知这里不发生盗劫案,所以夏天的傍晚……黄昏……静谧的氛围层层深去,夜凉如水,是指如水之澄澈。倘若置身酒吧,烟雾醇气弥漫,好像要快乐就得这个样子。中国的"哈尔滨",这个名字的意译是"晒网场",也多渔网,也流行抽烟饮酒,还有不少打靶场,还有一条"马街",没有马。中国的北方大都吃粗粮,怎么办呢,啤酒是液体面包,反正我停不了几天。酒店在哪里?空跑了一个多小时,只好开口问,才知道凡门口挂有彩色纸球,好歹是卖酒的,难怪沿路时见此种日晒褪色的打裥的纸球高悬楣梁,门和窗倒是关着的,竟是酒店。

二段,进城,但不用"我"。这种写法,可使读者不知不觉变成"我"。

"使这里显得可以小住一周",前面那几句才算到位。"空气似乎特别清新",要写"似乎",否则太重。"好像要快乐就得这个样子",这句子,鲁迅会喜欢的。

忽然转到"哈尔滨",但马上转回"渔网",之后又宕开,写到打靶场、马街——写到这儿最开心。

推门,一进入便想回身——里面暗,乱,烟气酒味的第一感觉是它们的劣质,那沉甸甸的闷热更其揍人——我是退出来了。

到三段,又提到酒,和前面的酒吧呼应(自己读自己,发现我的人是成熟了。一个尖酸刻薄的人,宽宏大量了,去写,才写得好)。

如此三进三退,除非不欲以啤酒充饥,否则就得在第四家进而不退。

在第四家找了一张临窗的小板桌,后窗,窗外污黑的杂物堆得只露一块手掌般大的天空。我身上除了汗还是汗,夏日正午,多走了路,这酒店好比蒸笼烤箱——也许会死在哈尔滨。

"在第四家找了一张临窗的小板桌",这是方法。要一下子把细节带出来。不要什么"找到第四家,在后窗边找到一张小板桌"。

"也许会死在哈尔滨",一个老流浪汉的感觉。我是很脆弱的,少爷出身,当时真这样想。但不会死的,写写的,因为是伏笔,但不能让人看出来。

要了一公升啤酒,一碟炸青蛙,别的就只有烙饼,绝不接受这种超乎想象的烙饼,铁饼。青蛙本来瘠小,油炸后,无肉可啃——又想走了。

写青蛙肉,要这样温柔体贴、尖酸刻薄地去写。

除非立即离开哈尔滨,而要办的事没办完。看别人,另一角的少妇,她的左腿盘在凳上,右腿屈膝,竖以搁肘,抽纸烟,一口,一口,手势分明,碗中想必是白干,轻轻端起,啜呷有声,放下时碗底着桌似乎太重了……扯点儿烙饼,孜孜咀嚼,却已咽落——确实是绝妙的示范,大意是:您也应当如此,您也是一个人么。

引一少妇。"看别人"要简捷,这段很写实。"碗中想必是白干",要"想必",人家碗中,你怎么知道?放碗时"似乎太重",也要加"似乎"。

奇怪的是我竟徐徐顺从她的无声之谏,开始喝啤酒,啃青蛙腿——感觉自己在履行一项德行。

老板、酒保缩在紧底。另外三张桌子,有男客堆围,面颜衣色槁晦难辨,偶一欠动,才知他们也在饮酒抽烟,而且谈话,像是我的耳膜松弛了,这样近的人的声音这样远,意义不明,他们说的都是"断面",自有一个共知的整体,只要出示断面,彼此了然心中。

那少妇——中国南方从不见有上酒店独酌的女人——时而全跏,时而半跌,一口一口手势分明地抽烟,手势也很分明地饮酒,在南方是没有的。

"时而全跏,时而半跌",用一用老字,但不卖弄。"手势也很分明地饮酒",再多一次,手法高明了。

哈尔滨还有些灰色的楼房,在那里算是很高了,屏风般列在一起,前面便是空空的黄沙地,楼房的外墙上,宛如鹰架,构着黑铁的露天扶梯,曲曲折折,好像很幸福,晾满衣裳,飘得很厉害,使我想起"米兰",后来在米兰并没看到与之类同的景象,何以哈尔滨的曲曲折折的黑铁露天扶梯使我想起米兰……

写哈尔滨像米兰一段,懒洋洋,有些莫名其妙的东西,就莫名其妙地写下来,其中是有深意的。

一公升啤酒,味似马尿,其实谁能说出马尿是怎样的,而且半公升入肚,饥饿已止,蓦然惊喜,木窗外,堆着污秽杂物,毕竟有空隙,风吹进来,小的,碎的凉风,也一丝丝,一阵阵,坐在这里是可以的,风这样吹我,有风这样吹,我能坐下去，喝下去，刚来时就是这样的，感觉不到罢了，幸亏听顺那女人的谏言，饿已止，汗将收尽，青蛙的腿不必啃，连骨嚼就是，有咸的肉味，油炸的焦香，污秽的杂物的空隙，不止一块手掌般大的蓝天，另有更小的三角、菱形、好几块蓝天，风是这样吹进来——所以我坐在苏佛克郡的小城酒吧中，烟雾醇气弥漫，我能比三十年前沦落哈尔滨时要老练镇定得多了，可以取代那个中国北方的少妇而为别人示范、进谏。

后来忽然又拉到英国，哗一下拉过去，再一下拉到文学。

文学也是这样，很闷人，一个字一个字的聚合物……尤其在儿时，翻到全是字的书，心想，这种全是污黑的字的东西，永远不喜欢，但是昨天巴士海峡来的越洋电话说：
"您的文集编校完了，将正式付印，发现缺一篇序言。"
"非要序言不可吗。"
"文集是幢房子，序言是扇门！"
我笑道：
"序言写到一半，明天可以寄出。"

（不写台湾海峡，俗气，写巴士海峡。）

文学是由一个个字串成一行行排成一段段的手工制品，我的写作尤其污秽杂乱不堪——啤酒喝到半公升之后,才发觉得有小的碎的凉风从几个空隙中吹进来,除了最先看到的一块手掌般大的蓝天,还有更小的三角形菱形的好几块,北方干旱的夏日的晴空,明净的淡青,近似婴儿的眼白,在污秽的黑而乱的杂物堆之外——我自己不忧愁,自己已经有些像曲曲折折的露天铁梯那种幸福的样子,别人是否知道门楣挂有褪色的纸球的就是酒店,是否肯屈尊坐落在临窗的小板桌之一边,是否愿向那独自抽烟呷酒扯烙饼的女人借鉴——污秽杂乱的文字,总也有不期然而然的空隙,容或青穹可露,凉飔可逸……写作者和阅读者是一个人,怎会是两个人呢,是一个人。

我想,常想,暂别用字堆成的文学,暂别用文学堆成的生活,真的结束孽缘,我自由了,海浴、风帆、垂钓、滑浪、高尔夫球、网球、音乐节,初到 Aldeburgh 的三天,这可明显,"马尿啤酒和青蛙焦尸"的噩梦远去了,桌上是英国之国食 Fish and Chips,炸鱼的块儿大,鲜美热辣,伴随的薯条照例是松软的——海浴、风帆、垂钓、滑浪、高尔夫球、网球、音乐节,一天天过了十天,呆住——炸鱼和薯条下咽迟迟,其他的海味总是海味,不再混在烟雾醇气弥漫的酒吧。所称灯光柔媚,音响幽雅的餐厅,待不了一小时——我会死在苏佛克郡的。

"我会死在苏佛克郡的",回前面伏笔,声音很轻。

夏夕渔村，空气清新，驶车回伦敦，伦敦也非长住久安之地……不会再去苏佛克，不会再去哈尔滨，也不会什么地方都不去了。

那巴士海峡来的越洋电话真有趣，房子必要有门，如果是废墟呢，就不要门了——最聪明的人是一上来就造个废墟，至今未见有此种心肠和胆魄出现。也并不难，是怕人抱怨。

Aldeburgh这种小城是不可抱怨的，每年几次音乐节，有手工艺精品店，独件的，刻上艺术家的姓名，修道院里的石雕很古很古，田野里风车转得你微笑、心酸，人都有一些忘不了的事。

哈尔滨何尝可以完全抱怨呢，松花江对面是太阳岛，"道里"的一条繁华的街上，有白俄罗斯商贾开的"斯陶俩尔"皮货店，夏天也不歇业，满堂屋毛茸茸的。一侧玻璃柜中罗列不少古典饰物，我看中某支观赏歌剧时用的"单罩"，即有长柄的独片望远镜，还有可爱的。江畔的大阳伞下，老人瞑目端坐，娟娟少女斜签着捧书朗读，前面是一望无际的松花江，男性气概的熏风吹得畅洋，使我既美慕那位老的，也美慕那位少的，更美慕那本被捧着的书，如果一旦是我写的书，那么再美慕什么呢，美慕那个开始动手就造出废墟的人，如果没有那种人的呢，那么我美慕苏佛克郡的渔民，用机动船作业，清闲得多了，渔民的目的物是鱼，不是书。

第三讲 续谈萨特，兼自己的作品

这篇序，可传。和唐宋八大家比，不惭愧，稍微改改。

略讲《明天不散步了》。

这篇倒是我从前在大陆时写的风格，出来后，是换一种写法的。发表后先在台湾轰动，痖弦来信说："木心先生，以后你就叫我痖弦吧。"这是媚眼。我说"还是称你先生"。他明白了。

回头看，可传。幸亏那时写了，现在到底老了。那时居然有那种青春，借你们青春的光。我年轻时的东西，毁掉了，追不回来，这是青春的回光。

就是意识流的东西。但意识流们太执着，我是写得轻松的，潇洒的。文中的作者，既不是天使，也不是魔鬼，是一个精灵。精灵，往上跳，天使，往下跌，魔鬼，他不跳，不跌，装出要跳要跌的样子，让人发笑。

天使，魔鬼，一属天堂，一属地狱，都是有单位的。精灵是没有单位的。你找他，他走了，你以为他不在，他来了。

散文中，作者是精灵游荡，但以凡人面目。我在艺术上求的是精灵这种境界。

明天不散步了

上横街买烟，即点一支，对面直路两旁的矮树已缀满油亮的新叶，这边的大树枝条仍是灰褐的，谅来也密布芽蕾，有待绽肥了才闹绿意，想走过去，继而回来了，到寓所门口，幡然厌恶室内的沉浊氛围，户外清鲜空气是公共的，也是我的，慢跑一阵，在空气中游泳，风就是浪，这琼美卡区，以米德兰为主道的岔路都有坡度，路边是或宽或窄的草坪，许多独立的小屋坐落于树丛中，树很高了，

抒情，我不喜欢华丽，喜欢实实在在。一开始写街道、春树，实在体贴地去写。

各式的门和窗都严闭着，悄无声息，除了洁净，安谧，没有别的意思，倘若谁来说，这些屋子，全没人住，也不能反证他是在哄我，因为是下午，晚上窗子有灯光，便觉得里面有人，如果孤居的老妇死了，灯亮着，死之前非熄灯不可吗，她早已无力熄灯，这样，每夜窗子明着，明三年五年，老妇不可怜，那灯可怜，幸亏物无知，否则世界更逼促紊乱，幸亏生活在无知之物的中间，有隐蔽之处，回旋之地，憩息之所，落落大方地躲躲闪闪，一代代蹙眉窃笑到今天，

"如果孤居的老妇死了"，一句写三个状态：孤、老、死。"每夜窗子明着"，要写"明"，不写"亮"。"明三年五年"，不可能，目的是"老妇不可怜，那灯可怜"。以人情带进物悲。

第三讲 续谈萨特、兼自己的作品

我散步，昨天可不是散步，昨天豪雨，在曼哈顿纵横如魔阵的街道上，与友人共一顶伞，我俩大，伞小，只够保持头发不湿，去图书馆，上个月被罚款了，第一个发起这种办法的人有多聪明，友人说，坐下看看吗，我的鞋底定是裂了，袜子全是水，这样两只脚，看什么书，于是又走在街上，大雨中的纽约好像没有纽约一样，伦敦下大雨，也只有雨没有伦敦，古代的平原，两军交锋，旌旗招展，马仰人翻……大雨来了，也就以雨为主，战争是次要的，就这样我俩旁若无纽约地大声说笑，还去注意银行的铁栏杆内不白不黄的花，状如中国的一般秋菊，我嚷道，菊花开在树上了，被大雨濯得好狼狈，我友也说，真是跟跟跄跄一树花，是什么木本花，我们人是很絮烦的，对于喜欢的和不喜欢的，都想得个名称，面临知其名称的事物，是舒泰的，不计较的，如果看着听着，不知其名称，便有一种淡淡的窘，漠漠的歉意，幽幽的尴尬相，所以在异国异域，我不知笨了多少，好些植物未敢贸然相认，眼前那枝开满朝天的紫朵的，应是辛夷，不算玉兰木兰，谁知美国人叫它什么，而且花瓣比中国的辛夷小、薄，即使是槭树、杜鹃花、鸢尾、水仙，稍有一分异样，我的自信也软弱了，哪天回中国，大半草木我都能直呼其名，如今知道能这样是很愉快的，我的姓名其实不难发音，对于欧美人就需要练习，拼一遍，又一遍，笑了——也是由于礼貌、教养、人文知识，使这样世界处处出现淡淡的窘，漠漠的歉意，幽幽的尴尬相，和平的年代，诸国诸族的人都这样相安居、相乐业、相往来……战争爆发了，人与人不再窘不再歉不再尴尬，所以战争是坏事，极坏的事，与战争相反的是音乐，到任何一个偏僻的国族，每闻音乐，尤其是童年时代就谙熟的音乐，便似迷航的风雨之夜，蓦然靠着了故乡的埠岸，有人在雨丝风片中等着我回家，公寓的地下室中有个打杂工的美国老汉，多次听到他在吹口哨，全是海顿爸爸，莫扎特小子，没有一点山姆大叔味儿，我也吹了，他走上来听，他奇怪中国人的口哨竟也是纯纯粹粹的维也纳学派，这里面有件什么超乎音乐的亟待说明的重大悬案，人的哭声、笑声、呵欠、喷嚏，世界一致，在其间怎会形成二三十种盘根错节的语系，动物们没有足够折腾的语言，显得呆滞，时常郁郁寡欢，人类立了许多语言学校，也沉寂，闷闷不乐地走进走出，生命是什么呢，生命是时时刻刻不知如何是好……我是常会迷路的，要去办件事或赴个约，尤其容易迷路，夜已深，停车场那边还站着个人，便快步近去，他说，给我一支烟，我告诉你怎样走，我给了，心想，还很远，难寻找，需要烟来助他思索，他吸了一口，又一口，指指方向，过两个勃拉格就是了，我很高兴，转而赏味他的风趣，如果我自己明白过两个街口便到，又知道这人非常想抽烟，于是上前，他以为我要问路，我呢，道声晚安，给他一支烟，为之点火，回身走了，那就很好，这种事是永远做不成的，猜勿着别人是否正处于没有烟而极想抽烟的当儿，而且散步初始时的清鲜空气中的游泳感就没有了，一阵明显的风,吹来旎旎馣馣的花香,环顾四周,不见有成群的花,未知从何得来,人和犬一样,将往事贮存在嗅觉讯息中,神速引回学生时代的春天,那条殖民地的小街,不断有花铺、书店、唱片行、餐馆、咖啡吧,法兰西的租界,住家和营商的多半是犹太人,却又弄成似是而非的巴黎风,却也是白俄罗斯人酗酒行乞之地,书店安静,唱片行响着,番茄沙司加热后的气味溜出餐馆,煮咖啡则把一半精华免费送给过路客了,而花铺的秘醇浓香最会泛滥到街上来,晴暖的午后,尤其郁郁霏霏众香发越,阳光必须透过树丛,小街一段明一段暗,偶值已告龁绝的恋人对面行来,先瞥见者先低了头,学院离小街不远,同学中的劲敌出没于书店酒吧,大家不声不响地满怀凌云壮志,喝几杯樱桃白兰地,更加为自己的伟大前程而伤心透顶了,谁会有心去同情潦倒街角的白俄罗斯旷夫怨妇,谁也料不到后来的命运可能赧然与彼相似,阵阵泛滥到街上来最可辨识的是康乃馨和铃兰的清甜馥郁,美国的康乃馨只剩点微茫的草气,这里小径石级边不时植有铃兰,试屈一膝,俯身密嗅,全无香息,岂非哑巴、瞎子,铃兰又叫风信子,百合科,叶细长,自地下鳞茎出,丛生,中央挺轴开花如小铃,六裂,总状花序,青、紫、粉红,何其紧俏芬芳的花,怎么这里的风信子都白痴似的,所以我又怀疑自己看错花了,不是常会看错人吗?总又是看错了,假如哪一天回中国去,重见铃兰即风信子,我柔驯地凝视,俯闻,凝视,会想起美国有一种花,极像的,就是不香,刚才的一阵风也只是机遇，不再了，三年制专修科我读了两年半，告别学院等于告别那小街，我们都是不告而别的，三十年后殖民地形式已普遍过时，法兰西人、犹太人、白俄罗斯人都不见了，不见那条街，学院也没有，问来问去，才说那灰色的庞然的冷藏仓库便是学院旧址，为什么这样呢，街怎会消失呢，巡回五条都无一仿佛，不是已经够傻了，站在这里等再有风吹来花香，仍然是这种傻……起步，虽然没有人，很少人，凡是出现的都走得很快，我慢了就显出是个散步者，散步本非不良行为，然而一介男士，也不牵条狗，下午，快傍晚了，在春天的小径上彳亍，似乎很可耻，这世界已经是，已经是无人管你非议你，也像有人管着你非议着你一样的了，有些城市自由居民会遁到森林、冰地去，大概就是想摆脱此种冥然受控制的恶劣感觉，去尽所有身外的羁绊，还是困在自己灵敏得木然发怔的感觉里，草叶的香味起来了，先以为是头上的树叶散发的，转眼看出这片草地刚用过刈草机，那么多断茎，当然足够形成凉涩的沁胸的清香，是草群大受残伤的绿的血腥啊……暮色在前，散步就这样了，我们这种人类早已不能整日整夜在户外存活，工作在桌上，睡眠在床上，生育恋爱死亡都必须有屋子，琼美卡区的屋子都有点童话趣味，介乎贵族传奇与平民幻想之间，小布尔乔亚的故事性，贵族下坠摔破了华丽，平民上攀遗弃了朴素，一幢幢都弄成了这样，在幼年的彩色课外读物中见过它们，手工劳作课上用纸板糨糊搭起来的就是它们的雏形，几次散步，

——评价过了,少数几幢,将直线斜线弧线用出效应来,材料的质感和表面涂层的色感,多数是错误的,就此一直错误着,似乎是叫人看其错误,那造对了造好了的屋子,算是为它高兴吧,也担心里面住的会不会是很笨很丑的几个人,兼而担心那错误的屋子里住着聪明美丽的一家,所以教堂中走出神父,寺院台阶上站着僧侣,就免于此种形式上的忧虑,纪念碑则难免市侩气,纪念碑不过是说明人的记忆力差到极点了,最好的是塔,实心的塔,只供眺望,也有空心的塔,构着梯级,可供登临极目,也不许人居住,塔里冒出炊烟晾出衣裳,会引起人们大哗大不安,又有什么真意含在里面而忘却了,高高的有尖顶的塔,起造者自有命题,新落成的塔,众人围着仰着,纷纷议论其含义,其声如潮,潮平而退,从此一年年模糊其命题,塔角的风铎跌落,没有人再安装上去,春华秋实,塔只是塔,徒然地必然地矗立着,东南亚的塔群是对塔的误解、辱没,不可歌不可泣的宿命的孤独才是塔的存在感,琼美卡一带的屋子不是孤独的,明哲地保持人道的距离,小布尔乔亚不可或缺的矜持,水泥做的天鹅,油漆一新的提灯侏儒,某博士的木牌,车房这边加个篮球架,生息在屋子里的人我永远不会全部认识,这些屋子渐渐熟稔,琼美卡四季景色的更换形成我不同性质的散步,回来时,走错了一段路,因为不再是散步的意思了,两点之间不取最捷近的线,应算是走错的,幸亏物无知,物无语,否则归途上难免被这些屋子和草木嘲谑了,一个散步也会迷路的人，我明知生命是什么，是时时刻刻不知如何是好，所以听凭风里飘来花香泛溢的街，习惯于眺望命题模糊的塔，在一顶小伞下大声讽评雨中的战场——

写到这儿，从意象到哲理，到"生命是什么"，主题第一次出现了，像音乐。所以用"……"（未记）。

任何事物，当它失去第一重意义时，便有第二重意义显出来，时常觉得是第二重意义更容易由我靠近，与我适合，犹如墓碑上倚着一辆童车，热面包压着三页遗嘱，以致晴美的下午也就此散步在第二重意义中而俨然迷路了，我别无逸乐，每当稍有逸乐，哀愁争先而起，哀愁是什么呢，要是知道哀愁是什么，就不哀愁了——生活是什么呢，生活是这样的，有些事情还没有做，一定要做的……另有些事做了，没有做好。明天不散步了。

最后一行，那两句，才用句号。
《明天不散步了》的悲伤是个人性的；《哥伦比亚的倒影》的悲伤是全体性的。
不过才气太华丽，不好意思。现在我来写，不再这样招摇了。现在我写的诗，比那时朴素多了。

最近写一句：

"那些在蓝天中布满的枯枝,在要我的文体学他了。"

第四讲

谈加缪，
兼自己的作品

《明天不散步了》

《童年随之而去》

一九九三年四月十八日

不用别人的话，自己讲，讲得再不行，文章总是本色的。炒青菜，总是好的。

我纪实？很多是虚的。全是想象的吗？都有根据的。写写虚的，写实了；写写实的，弄虚了——你们画画的几位，实的有本领，虚的不行。

道家语："天风吹下步虚声"。"步虚"，在空的地方走。我的文章，常是"步虚"。

中国人，难看。中国人的头脑好，想得出"步虚"这些话。中国人最好乖乖躲在家用头脑，别去抛头露面。我剃头剃完，师傅用镜子前后照给我一看，哪一面看，都完了。

但这种"悬念"，要松。松嘛很松，绳子嘛是一条绳子，悬在那里。文字不要写死。

小孩总想模仿。我自杀过，蚊帐绳子哪里挂得住，断了，心想：还好挂不住。又想仿"割肉疗母病"，每次想，下次割，看看手臂，想，等明天吧——哈姆雷特。

"文学演奏会"第四讲笔录原件

谈加缪（略）。休息。

说到中国现代艺术。

木心说：全部加起来，无知。无知不动，是无奈，动起来，是无耻。

继续演奏自己的作品。

先补充《明天不散步了》。

一，整篇散文没有接引别人一句话。也没有提到一个人。

二，只用地名。如以后写作提到地名，不要只提一个，孤零零的，要有点呼应。我写到"伦敦"，就是呼应前面写到的"纽约"。当然写一大堆也不好。

三，不用典故、成语。用典用得好，言简意永，用不好，易酸，也不纯。我如果用典故，是要发新意，没有新意，不用。不用别人的话，自己讲，讲得再不行，文章总是本色的，炒青菜，总是好的。

现在讲《童年随之而去》。

我纪实？很多是虚的。全是想象的吗？都有根据的。写写虚的，写实了；写写实的，弄虚了——你们画画的几位，实的有本领，虚的不行。

道家语："天风吹下步虚声。""步虚"，在空的地方走。我的文章，常是"步虚"。

（中国人，难看。中国人的头脑好，想得出"步虚"这些话。中国人最好乖乖躲在家用头脑，别去抛头露面。我剃头剃完，师傅用镜子前后照给我一看，哪一面看，都完了。西方人好看，好看得我佩服。青年人的胳膊，汗毛根根到位——人总得有个退路。我就想：你长得好，我看得懂。对美丽的人，我是咬牙切齿地看得懂。）

这篇，题目想得还可以。取题，字数不宜多。六字已多了。但有转折，"童年"，转成"随之而去"。

童年随之而去

孩子的知识圈，应是该懂的懂，不该懂的不懂，这就形成了童年的幸福。我的儿时，那是该懂的不懂，不该懂的却懂了些，这就弄出许多至今也未必能解脱的困惑来。

童年回忆，最易肉麻伤感。所以一当头，不写童年，很理性地写，劈头冷静，但马上拉到我身上。不过"弄出许多至今也未必能解脱的困惑"云，全是假的。

目的是悬念：这人到底要写什么？

在作品中，最好的办法是嘲笑自己。聪明的人都知道自嘲。但这种"悬念"，要松。松嘛很松，绳子嘛是一条绳子，悬在那里。文字不要写死。

不满十岁，我已知"寺"、"庙"、"院"、"殿"、"观"、"宫"、"庵"的分别。当我随着我母亲和一大串姑妈舅妈姨妈上摩安山去做佛事时，山脚下的"玄坛殿"我没说什么。半山的"三清观"也没说什么。将近山顶的"睡狮庵"我问了：

"就是这里啊？"

"是啰，我们到了！"挑担领路的脚佚说。

我问母亲：

"是叫尼姑做道场啊？"

母亲说：

"不噢，这里的当家和尚是个大法师，这一带八十二个大小寺庙都是他领的呢。"

我更诧异了：

"那，怎么住在庵里呢？睡狮庵！"

母亲也愣了，继而曼声说：

"大概，总是……搬过来的吧。"

二段，一上来"不满十岁"。不要像别人那样"我十岁的时候"。"我"不能多。一多了，讨厌。

知道"寺"、"庙"、"庵"……显书香门第。接下去上山，一下子把情节交代清楚。先写挑夫回答，不直接问道母亲。垫一垫，再问母亲。

这孩子不凡，但是很老实的不凡。母亲也有分寸。下面有许多母子对话，问到此，不过为了表现母子性格，不是为了睡狮庵问题。

庵门也平常，一入内，气象十分恢宏：头山门，二山门，大雄宝殿，斋堂，禅房，客舍，俨然一座尊荣古刹，我目不暇给，忘了"庵"字之谜。

庙的描写，排排出来，给你一个印象就行了，不必详详细细去写。

我家素不佞佛，母亲是为了祭祖要焚"疏头"，才来山上做佛事。"疏头"者现在我能解释为大型经忏"水陆道场"的书面总结，或说幽冥之国通用的高额支票、赎罪券。阳间出钱，阴世受惠——众多和尚诵经叩礼，布置十分华丽，程序更是繁缛得如同一场连本大戏。于是灯烛辉煌，香烟缭绕，梵音不辍，卜昼卜夜地进行下去，说是要七七四十九天才功德圆满。

当年的小孩子，是先感新鲜有趣，七天后就生烦厌，山已玩够，素斋吃得望而生畏，那关在庵后山洞里的疯僧也逗腻了。心里兀自抱怨：超度祖宗真不容易。

我天天吵着要回家，终于母亲说：

"也快了，到接'疏头'那日子，下一天就回家。"

"讽经"，讽，是唱的意思。"说是要七七四十九……"一句，是口语化的，可以时不时夹一句口语，然后又回到风雅的语言，反而雅了，全用风雅，用不好，俗。

那日子就在眼前。喜的是好回家吃荤、踢球、放风筝，忧的是驼背老和尚来关照，明天要跪在大殿里捧个木盘，手要洗得特别清爽，捧着，静等主持道场的法师念"疏头"——我发急：

"要跪多少辰光呢？"

"总要一支香烟工夫。"

"什么香烟？"

"喏，金鼠牌，美丽牌。"

第四讲 谈加缪，兼自己的作品

还好,真怕是佛案上的供香,那是很长的。我忽然一笑,那传话的驼背老和尚一定是躲在房里抽金鼠牌美丽牌的。

接"疏头"的难关捱过了,似乎不到一支香烟工夫,进睡狮庵以来,我从不跪拜。所以捧着红木盘屈膝在袈裟经幡丛里,浑身发痒,心想,为了那些不认识的祖宗们,要我来受这个罪,真冤。然而我对站在右边的和尚的吟诵发生了兴趣。

"……唉吉江省立桐桑县清风乡二十唉四度,索度明王侍耐唉嗳啊唉押,唉嗳……"

我又暗笑了,原来那大大的黄纸折成的"疏头"上,竟写明地址呢,可是"二十四度"是什么?是有关送"疏头"的?还是有关收"疏头"的?真的有阴间?阴间也有纬度吗……因为胡思乱想,就不觉到了终局,人一站直,立刻舒畅,手捧装在大信封里盖有巨印的"疏头",奔回来向母亲交差。我得意地说:

"这疏头上还有地址,吉江省立桐桑县清风乡二十四度,是寄给阎罗王收的。"

没想到围着母亲的那群姑妈舅妈姨妈们大事调侃:

"哎哟!十岁的孩子已经听得懂和尚念经了,将来不得了啊!"

"举人老爷的得意门生嘛!"

"看来也要得道的,要做八十二家和尚庙里的总当家。"

母亲笑道:

"这点原也该懂,省县乡不懂也回不了家了。"

我又不想逞能,经她们一说,倒使我不服,除了省县乡,我还能分得清寺庙院殿观宫庵呢。

蒙太奇:"那日子就在眼前。"反叙,说"疏头"难关挨过去了,不必写"那一天",直接写那件事。

(台湾评我,说是"三十年来海峡两岸第一人"。我一看,真不舒服。地方那么小,时间那么短。等于说,木心先生当个虹口区区长绰绰有余。)

回家啰!

脚伕们挑的挑,掮的掮,我跟着一群穿红着绿珠光宝气的女眷们走出山门时,回望了一眼——睡狮庵,和尚住在尼姑庵里?庵是小的啊,怎么有这样大的庵呢?这些人都不问问。

电影镜头一转:"回家啰!"但立刻进入"脚伕们挑的挑……",不必多写回家的兴奋了。附带写些"女眷",不要再写姑妈之类。"回望"睡狮庵,说明还在怀疑。

家庭教师是前清中举的饱学鸿儒,我却是块乱点头的顽石,一味敷衍度日。背书,作对子,还混得过,私底下只想翻稗书。那时代,尤其是我家吧,"禁书"的范围之广,连唐诗宋词也不准上桌,说:"还早。"所以一本《历代名窑释》中的两句"雨过天青云开处,者般颜色做将来",我就觉得清新有味道,琅琅上口。某日对着案头一只青瓷水盂,不觉漏了嘴,老夫子竟听见了,训道:"哪里来的歪诗,以后不可吟风弄月,丧志的呢!"一肚皮闷瞀的怨气,这个暗歪歪的书房就是下不完的雨,晴不了的天。我用中指蘸了水,在桌上写个"逃",怎么个逃法呢,一点策略也没有。呆视着水渍干失,心里有一种酸麻麻的快感。

"乱点头的顽石",佛经典故"天花乱坠","顽石点头"。我家里仅唐诗宋词,是我故意这样写。"雨过天青",也是假的,造出来的。"者",作"诸"。这整段故事都是假的,捏造的。

我更怕作文章,出来的题是"大勇与小勇论","苏秦以连横说秦惠王而秦王不纳论"。现在我才知道那是和女人缠足一样,硬要把小孩的脑子缠成畸形而后已。我只好瞎凑,凑一阵,算算字数,再凑,有了一百字光景就心宽起来,凑到将近两百,"轻舟已过万重山"。等到卷子发回,朱笔圈改得"人面桃花相映红",我又羞又恨,既而又幸灾乐祸,也好,老夫子自家出题自家做,我去其恶评誊录一遍,备着母亲查看——母亲阅毕,微笑道:"也亏你胡诌得还通顺,就是欠警策。"我心中暗笑老夫子被母亲指为"胡诌",没有警句。

小孩总想模仿。我自杀过,蚊帐绳子哪里挂得住,断了,心想:还好挂不住。又想仿"割肉疗母病",每次想,下次割,看看手臂,想,等明天吧——哈姆雷特。

满船的人兴奋地等待解缆起篙,我忽然想着了睡狮庵中的一只碗!

在家里,每个人的茶具饭具都是专备的,弄错了,那就不饮不食以待更正。到得山上,我还是认定了茶杯和饭碗,茶杯上画的是与我年龄相符的十二生肖之一,不喜欢。那饭碗却有来历——我不愿吃斋,老法师特意赠我一只名窑的小盂,青蓝得十分可爱,盛来的饭,似乎变得可口了。母亲说:

"毕竟老法师道行高,摸得着孙行者的脾气。"

我又诵起:"雨过天青云开处,者般颜色做将来。"母亲说:

"对的,是越窑,这只叫碗,这只色泽特别好,也只有大当家和尚才拿得出这样的宝贝,小心摔破了。"

每次餐毕,我自去泉边洗净,藏好。临走的那晚,我用棉纸包了,放在枕边。不料清晨被催起后头昏昏地尽呆看众人忙碌,忘记将那碗放进箱笼里,索性忘了倒也是了,偏在这船要起篙的当儿,蓦地想起:

"碗!"

"什么?"母亲不知所云。

"那饭碗,越窑碗。"

"你放在哪里?"

"枕头边!"

母亲素知凡是我想着什么东西,就忘不掉了,要使忘掉,唯一的办法是那东西到了我手上。

"回去可以买,同样的!"

"买不到!不会一样的。"我似乎非常清楚那碗是有一无二。

"怎么办呢,再上去拿。"母亲的意思是:难道不开船,派人登山去庵中索取——不可能,不必想那碗了。

想起碗,马上要解释。茶杯上画的十二生肖,可以了,不要写属什么。一般是熬不住要写的——忘了带碗这一节,老实写,不能写得太简单,会显得单薄。"怎么办呢,再上去拿。"这不是母亲说的。但这意思直写,不好,所以写成这样。

我走过正待抽落的跳板,登岸,坐在系缆的树桩上,低头凝视河水。

满船的人先是愕然相顾,继而一片吱吱喳喳,可也无人上岸来劝我拉我,都知道只有母亲才能使我离开树桩。母亲没有说什么,轻声吩咐一个船夫,那赤膊小伙子披上一件棉袄三脚两步飞过跳板,上山了。

杜鹃花,山里叫"映山红",是红的多,也有白的,开得正盛。摘一朵,吮吸,有蜜汁沁舌——我就这样动作着。

船里的吱吱喳喳渐息,各自找乐子,下棋、戏牌、嗑瓜子,有的开了和尚所赐的斋佛果盒,叫我回船去吃,我摇摇手。这河滩有的是好玩的东西,五色小石卵,黛绿的螺蛳,青灰而透明的小虾……心里懊悔,我不知道上山下山要花这么长的时间。

鹧鸪在远处一声声叫。夜里下过雨。

是那年轻的船夫的嗓音——来啰……来啰……可是不见人影。

他走的是另一条小径,两手空空地奔近来,我感到不祥——碗没了!找不到,或是打破了。

他憨笑着伸手入怀,从斜搭而系腰带的棉袄里,掏出那只碗,棉纸湿了破了,他脸上倒没有汗——我双手接过,谢了他。捧着,走过跳板……

一阵摇晃,渐闻橹声欸乃,碧波像大匹软缎,荡漾舒展,船头的水声,船梢摇橹者的断续语声,显得异样地宁适。我不愿进舱去,独自靠前舷而坐。夜间是下过大雨,还听到雷声。两岸山色苍翠,水里的倒影鲜活闪裊,迎面的风又暖又凉,母亲为什么不来。

"欸乃","欸"此处读"唉"。

河面渐宽,山也平下来了,我想把碗洗一洗。

人多船身吃水深，俯舷即就水面，用碗舀了河水顺手泼去，阳光照得水沫晶亮如珠……我站起来，可以泼得远些——一脱手，碗飞掉了！

那碗在急旋中平平着水，像一片断梗的小荷叶，浮着，远着，向船后渐远渐远……

望着望不见的东西——醒不过来了。

对母亲怎说……那船夫。

母亲出舱来，端着一碟印糕艾饺。

我告诉了她。

"有人会捞得的，就是沉了，将来有人会捞起来的。只要不碎就好——吃吧，不要想了，吃完了进舱来喝热茶……这种事以后多着呢。"

最后一句很轻很轻，什么意思？

母亲来，"我告诉了她"，就这样写。"这种事以后多着呢。"（丹青问：是真的还是虚构的）半真实。

现在回想起来，真是可怕的预言，我的一生中，确实多的是这种事，比越窑的碗，珍贵百倍千倍万倍的物和人，都已一一脱手而去，有的甚至是碎了的。

那时，那浮汆的碗，随之而去的是我的童年。

这种东西，和鲁迅的《朝花夕拾》，是至情至性。

艺术不是比赛，不要比谁第一名第二名。各种艺术的关系是"掩映"，自我也可以"掩映"。但丁参加选美。八十位美女，他评到第八十名，说，把你排到第一名，也一样美丽。

第五讲

续谈存在主义，
兼自己的作品

《哥伦比亚的倒影》

一九九三年五月九日

我最早投稿，十四岁。在湖州、嘉兴、上海。退稿倒没有，但少量发表。后来几十年没有投稿，出国后，又开始投稿。到现在，一个记录：没有退稿。

这篇，我是感情、思想、感觉，混在一起写。或思想感觉化，或感觉思想化，或思想感情化……混在一起写。以前文章中大块的理论，尽量在这篇中溶解掉，放在感觉感情中写出来。

这在当时，是一篇力作。但没有人问过，我也不提出。当没有人理解你时，你自己不要出来讲。

最后一段的写法，是音乐的写法。到后来是一种发作，这是音乐和写作的特权——都过去了。生活过去，人没有了，文化一定也会过去，只留下艺术，我称做"倒影"。这主题，再大也无法大了。

以后再出这篇，还要改。观点也要改。这篇中，说理的部分还有毛病。意象的，就没有毛病。

哈代说："多记印象，少谈主见。"真好。所以哈代是我的家庭教师。

"文学演奏会"第五讲笔录原件

续谈存在主义（略）。

谈《哥伦比亚的倒影》。

我最早投稿，十四岁。在湖州、嘉兴、上海。退稿倒没有，但少量发表。后来几十年没有投稿，出国后，又开始投稿。到现在，一个记录：没有退稿。1984年，《哥伦比亚的倒影》、《明天不散步了》等四篇，在台湾《联合报》副刊的创刊号上，被痖弦办了一次散文个展。

这篇，我是感情、思想、感觉，混在一起写。或思想感觉化，或感觉思想化，或思想感情化……混在一起写。

以前文章中大块的理论，尽量在这篇中溶解掉，放在感觉感情中写出来。这在当时，是一篇力作。但没有人问过，我也不提出。当没有人理解你时，你自己不要出来讲。

从题目讲起。似通非通的,哥伦比亚,是指那所大学,还是美洲那个国家,或华盛顿那个?古典文学出题,要清楚,现在我放松,溶解掉。

哥伦比亚,地名,怎会有倒影?(又有点关系,在哥伦比亚大学)要敢用。模棱两可的,含糊其辞的——要敢用。

粉墨登场。归真返璞。一上来没人睬。陶渊明没有粉墨登场这回事。一冷,冷了四百年。

但我并不愿意粉墨登场。

哥伦比亚的倒影

春日午后,睡着了又醒来了,想起可以喝咖啡,喝罢咖啡,想起早上只刷了牙,没有洗澡,洗完澡对镜,髭须又该刮了,都说胡子在美国比在中国长得快,我也就是因为这样才问别人的——髭须之美妙在于想留则留,不想留则随手除去,除去之后又有愠意,过几天,鬓鬓颇有,髭须是这样,其他的,就不是如此容易取舍的,例如我自己上街买水果,水果铺子是我的药房,徘徊一阵,空手出来,立在百老汇大街上不知何往,

一上来,毫不在乎。开头,不要扭扭捏捏,弄诗意——"想起"咖啡,"喝罢",很快,一连串下去,中间一刀一刀切,有头有尾,没有中断。从"刮胡子"到"其他的,就不是如此

容易取舍了"，是要讲意思的，有含意的。一含意，厚度深度有了——从咖啡到刷牙到洗澡，到刮胡子，到上水果店，总的是放松的，不含思想，放开就放开，空着它。

我的寓所是介乎水果铺子与哥伦比亚大学之间，如果面对哈德逊河，右向的一箭之遥，便是哥伦比亚大学，

直到写到寓所位置，哥伦比亚大学出来了，又带出哈德逊河——进入场景。但直写哥大，太重，所以无意间从水果店铺写出来（读者都要上当的。我的文章都是陷阱，把读者带来绕去，但读者上当之后，能充满感谢）。

正门站着两尊石像，裂了，修补好了，始建哥伦比亚大学之际，美国文化的模式还面目不清，才立起这么两个似希腊非希腊的一男一女（不是麦可和珍妮），到了无可奈何时才产生象征，人们却以为象征是裕然卓然的事，每次看见这对石像心里便空泛寂寞起来，

也很快写过哥大门口的雕塑像。象征，很重的东西。我说："到了无可奈何时才产生象征。"这要靠平时啦。要敢这样下去，但轻轻带出来。"裕然"、"卓然"，宽裕，然后看到石像"空泛寂寞起来"，忽然写到感情了。

然后一步一步过去,讲到"二十世纪"了。

也不仅是这里美洲,其他四洲遍地都有我愿意同情而同情不了的人人事事物物,有说除了不是诗的,其他都是诗,那么除了非艺术的其他都是艺术,除了反文化的其他……吁,眼看散居在各国的耽于沉思精于美食的朋友们,个个怨怼自身所隶属的世纪,是否我们在糟粕的浊浪滔滔而去之后,啜饮着几经历史蒸馏的酒,而将来也有人叹言,"还是二十世纪有味",这个论点是不妙的,不景气的,看我能不能驳倒它,我需要找一本书,每次来哥伦比亚大学都是想找一本书,什么名称,谁著作的(如果见到了,就知道了),怡静的长岸似的书案,一盏盏忠诚的灯,四壁屹立着御林军般整肃的书架,下行的阶口凭栏俯眺,书这窀穸,知识的幽谷,学术的地层宫殿,我又讪然满足于图书馆的景色,而不欲取览任何一本单独的书了(想抽烟),已经形成了自我放牧的习惯,

"窀穸",坟墓。

文章里面的"我",其实是个坏蛋。哪里是要去借书。不过这坏蛋心肠很好:"讪然满足于图书馆的景色"。"讪然":不好意思。上次讲《童年随之而去》,我哪有文章里那么好。但不要怕,不要怕把自己写好。书中的"我",不是你的"我"。曹雪芹本人,又黑又粗,说话大声。

这里多的是草坪，中心主楼的圆柱，破风，又是奥林匹斯神庙之摹拟，高高的台阶，中层间一平面，坐着全身披挂的女神，智慧女神即收获女神之流吧（美国的雅典移民真不少），雕像的座子下刚开过音乐会，椅子，几件不怕曝晒的乐器，歪斜着（晚上还有一场），纸片，食品袋，饮料的空罐，疏落有致地散在层层石级上，风能吹得动的，便飘起，滚转，停一停，又飘，又滚……

用括弧，用了一个，就还要用。我用，好像小提琴的弱音器和钢琴的踏板，声音好像可以略一轻，但很难用得好。"几件不怕曝晒的乐器"，"风能吹得动的"，都要小心、体贴。"乐器曝晒着"，"风吹起"，就大不一样。

哥伦比亚大学似乎很疲倦，这是不足为凭的戋戋表象，它的内核总还在兴奋腾旋，一幢幢大楼都是精神的蜂房，地下还有好几层建筑，四通而八达，如此则上上下下，分析、计算、推测、想象，不舍昼夜，精神的蜂房，思维的磨坊，理论和实验的巫厨（从中世纪步行来的人只会这样说），

写到"精神的蜂房"——不要得意。得意，底下灵感没有了。接着，"思维的磨坊"、"理论和实验的巫厨"——不能得意，否则要没的。唐明皇一得意，亡了……

近几年，哥伦比亚大学平平而过，草坪上的年轻人比石阶上的更多，男的近乎全裸，女的已是半裸，大意是享受初夏之日光，三五成群，轻轻谈论，时而婉然卧倒，就此不再起来似的，而穿衣裙的也很年轻的母亲推着小篷车，有方向地缓缓经过草地，

"近几年，哥大平平而过"，这是报上看来的，才敢这样写，不能乱讲的。"男的近乎全裸，女的已是半裸"，要加"近乎"、"已是"，不要写得太肯定。

我以为樱花正是好时候，杜鹃花紫藤花都开得烂漫，大风忽起，粉红的散瓣飞舞成阵，那么樱花是谢了，前几天我在做什么……"Excuse me"，有人请我让路，运送学位礼服的手推车，一袭袭挂在与人体等高的衣架上，薄，滑亮，人造纤维（不该有的绉褶并未烫平），飘飘荡荡，黑的蓝的黄的白的学士硕士博士，人生如梦人生似戏是从前的感叹，现在是以羊毛蚕丝苎麻棉花为织物的礼服也不耐烦制作了，太不如梦，远不似戏……我已步近两个金发的娈童，真的，还是这样好，对蹲在路边，地上多的是樱花瓣，捧起来相互洒在头上（鬖鬖柔媚），不笑，不说话，洒了又捧，又洒，我知道我是不敢蹲下去说"洒在我的头上好吗"，那花瓣是凉凉的，痒痒的，脸上，颈上（他们停了，我就走）……

"远不似戏……"后,要加省略号。"我已",动态上接前,"真的",心态上接前。

他们是不会停的,我将酸涩的眸子转向大草坪中央的直路,直路西侧摆开长约五米的货摊(怎么回事),学生们多余的嫌弃的东西希望出售,在往昔漫游各地的年月中,每逢旧货摊总有一番流连,人的伤感情调无不可厌,物的伤感情调却普遍可爱,旧货摊多半设在露天,布篷帐,好像时时有风吹着,摊主一声不响,模糊似剪影,罗列的是以小件为主,分类无法严明,能悬挂的都高高低低地吊起来,风吹着,轻轻碰触,所有物件无论如何都是色泽黯淡的,各有一副认命不认输的表情,仿佛说,"买不买是你的事,我总在这儿",哥伦比亚大学中央草坪上之出现旧货摊,就不无海市蜃楼之感,细看那些物件的标价,更令人觉得学生们在闹着玩,一双高统男式黑皮靴——九角,等于一枚地下车的 Token,或一只 Hot dog,这是个幽默的价格,皮质原是上好的(现在还没发脆),多眼的缬带的圆头平跟的再也时髦不起来的靴子啊,毋须试穿就知其正合我的胫和脚,这是二次大战前的款式(还要早),是林肯先生做律师时的遗物,买了这双靴,就得寻觅与之相配的衣裤……只好轻轻放下,似乎是告别一场南北战争(靴底的泥迹是那时候沾的),我走了,走了几步,不免转首回望,靴子抖动了一下,彳亍彳亍走过来倚在我脚边,多眼的缬带的,高统圆头平跟,这还不是十九世纪产品,宁是富兰克林正待以印刷新闻事业起家之际所流行的靴子,如果买回去,放在书架顶层,其下是富兰克林的自传,无疑情趣盎然,

(写到旧货摊,如果旧货有王国,我一定去做国王,义无反顾。)

"再也时髦不起来的靴子啊",这就叫引情入物。

当富兰克林说"我决不反对把从前的生活从头再过一遍"时,我惊觉自己难于说得如此爽朗(往事之中大有不堪回首者),然而富兰克林老板十分精明,他之所以想要从头再过一遍生活,说是为了借以改正谬误,还要把几件艰险的事故变得差强人意些,他忽而又补充道,"即使不给我逢凶化吉的特权,我还是愿意接受这个机会,再过一遍同样的生活"——我也愿意了,也愿意追尝那连同整船痛苦的半茶匙快乐……靴子呢,靴子已经走回去缩在许多拖鞋、运动鞋中间,高统子奔倒了(九角钱也没人买),但是,亲爱的,我买了回去,不穿,不陈列,岂非成了一种出于怜悯的收容,任何故意的慈善行为都是我所未曾有的,别了,富兰克林的靴子,富兰克林就有这点悟性,把生活再过一遍的念头人人有,人人不说,他说了,大家高兴得就像真有机会把生活再过一遍地那样高兴……那个法国来的移民坐在石块上似乎并不高兴,罗丹认为这汉子在思想,

雄健的中年人全身肌肉大紧张，脚趾牢牢扒住底座，谁在思想的当儿是这样的呢，脑的活动，血液集中于头部，全身肌肉倒是松弛下来，深度的沉思冥想，使人的四肢、面部，停止表情，纯然是灵智的运转，怎么有这些筋骨皮肉的戏剧性出现呢，这个雕像安置在阳光直射的草地上又是一重错误，太阳是嫉妒思想的（思想也反过来厌憎太阳），阴霾的冬天，法国北海岸的荒村，纪德在寒风中等了一个下午，直到深夜，化用假名的王尔德终于酩酊归舍，醉眼迷离中认出了安德列，奥斯卡大为动衷，说，"亲爱的，你知道，思想产生在阴影里……"——"什么"，那雄健的男子打断了王尔德的话，他下了座子，伸懒腰，两臂举得高高地划了个弧形，"您说什么"，我反问，"您在想什么"，他笑，不失为粗犷的妩媚，忽而呵欠散了笑容，他，"有什么可想的"，我，"知道这里是什么地方吗"，他，"谁知道呢，草地，房子，都是这样的"，我抚及他的肩背，"体温真高"，他，"冬天你来摸摸我看呢"，我，"好的，冬天再见"（那男子是高卢族的，入了美国籍，自己也不知道），冬天再见，法国北海岸荒村旅舍，夜深了，王尔德对年轻的朋友说，"亲爱的，你知道，思想产生在阴影里，太阳是嫉妒思想的，古代，思想在希腊，太阳便征服了希腊，现在思想在俄罗斯，太阳就将征服俄罗斯"，说这话的人死于1900年，他的那个"现在"距离我们已近一百年，俄罗斯的演变正如醉先知的预言，不愧称艺术家者都不愧称先知（艺术活动原本是先知行为），把这番话记录成文的人后来亲自去俄罗斯以身试太阳,目睹太阳是怎样嫉妒思想而消灭思想的,这,不过是一则尽人皆知尽人皆叹的例子,泛举开来,半个地球成了思想的废墟焦土,古道热肠的英国先知饮恨而逝之后的第十八年,德国的铁血先知斯宾格勒写了一本尖酸刻薄精当出色的书,《西方之衰落》,噫,西方之衰落早在博马舍的嬉笑怒骂中已露不祥之兆,沉者沉浮者浮,沉者浮,浮者沉,悠悠忽忽到今天,那曾经是西方文化发源圣地的爱琴海岛国,又成了现代悲剧现代喜剧的典范——希腊教育部任命一位神学家当某大学的哲学教授,该校校长为了抗议愤而辞职,此举造成了希腊学术界的震撼,而柏拉图讲学的橄榄林已变成破旧的公园,最近可能辟为篮球场,希腊目前每年有五十多个哲学系毕业生,这些学生几乎都坦然承认他们没有读过柏拉图、亚里士多德的原典,希腊教育主管机关和社会的整个儿趋向都认为要关心的是教育工具的充实,包括椅子桌子的添置修理等问题(希腊真不愧为"人类的永久教师"),这样,就这样,东半球这样,西半球这样,热肠的先知和冷血的先知的预言说得没有别人插嘴的余地,然而旅游事业的各大公司所发的广告,无不盛称世界各国风光旖旎,名胜古迹灿烂辉煌,交通迅速,食品丰美,这些话都不是假的,游客越来越多,罗马车站可谓大矣,人潮汹涌,我将惨遭灭顶了,在千万只背包提箱的狂澜中奋力窜及"问询处",排了半天队,所得者市内地图一份,问旅舍之所在,回答,明天吧,今天全部客满了,"My God",久闻罗马治安极差的大名,车站之夜,不胜恐怖,我只好花钱去把自己扔在酒店里——西半球最热门的旅游国的遭遇如此,东半球的奇迹允推幽燕之地的万里长城,要领略莽莽苍苍的雄姿霸气,除非是凌晨拂晓众人皆睡之一刻,白天则密密麻麻爬满了五颜六色的人,人是奇迹?城是奇迹?概念就此混沌,没有吃的喝的,有也等于没有,因为不堪入口,没有方便之处,有也还是没有的好,因为那里尿粪泛滥恶臭冲天,而作为长城之要素的硕大秦砖,不断被人拆去充作垒屋起灶之良材,报上呼吁了,无奈拆砖的人是三代不看报的——以人类的智商的平均数来衡量,无论何国何族,大可不必萦乱亵渎成这样的局势局面,诚如诀别死者之后沉沉奄奄了几个月终于生机渐萌饮食知味的人,或如经医师同意并且祝贺缓缓步出病院满目花叶茜明的人,这样的人在这样的时候,对他或她说,"为了使世界从残暴污秽荒漠转为合理清净兴隆,请您献出您的一茎头发",我以为谁都愿意作此牺牲的,然而不可发问,如果有谁发问,"一茎头发能拯救一个世界吗",完了,五十亿茎不同色泽不同粗细长短曲直的头发顿时全部失效——

……到220页的"献出您的一茎头发",是将前面放射性的写法的收束。

咬牙切齿,娓娓道来。

这是（很早就是），一个高难度的讲题，曾有人几次尝试发凡，单凭马太马可路加约翰的粗疏述说是无能阐明信念之不可言喻性的，何况耶稣是中途遭害，作为第一流大先知，他算是夭折，他还未及成熟，却是已经知悉"见而信"这种意念是功利主义的，这样的奉献是为了报酬，二十世纪便是一手刚作奉献另一手即取报酬的倥偬百年……那么，"不见而信"呢，耶稣再三感叹没有人能懂得这个连他自己也拙于言词困于表达的谛旨，他死之后，千年以还的琐知碎识使人不自由自主地便佞狡黠起来，"见而信"也只着眼于急急乎功近近于利的物物交换，"不见而信"，那是，一，从前是持乌托邦论为有心人，现在是有心人必斥乌托邦，二，可曾记得审问耶稣的那一句"真理是什么"，彼拉多一直问（他不需要得到答案），就这样不停不停地一直问到二十世纪暮色苍茫，还在问——啊，就这样，所谓"见而信"是没有用的，"不见而信"是做不到的尴尬状况始终僵持着……我木立在讲坛上不知下一个动作该如何，薄明的大厅阒无人影，及地的长窗外是海蓝的天，大厅的底壁上安装着威尼斯出品的椭圆巨镜，黑的讲坛竟是对镜而设，我站着，只见上半身，从巨镜中面临整个寥廓的大厅，只能说，我将开始练习讲演，德摩斯梯尼认为演说家最重要的才能是表情，表情（怎么回事呢），善于知人心意的培根解释道，"人的天性是愚昧多于智慧，而做作的表情则常能打动听者的心"（原来是这样），赫胥黎向我举起一个手指，"要知道如何对待您的听众吗,我可以把别人传授给我的秘诀告诉您,记住,'他们一无所知'",我辨味了片刻(然而凌驾人慑服人是最乏味的),德摩斯梯尼取了一把小石子来,也说,"把这些放放放进嘴里,到到到海浪喧闹的地地地方去大大大大声练习",我忍住了笑,把小石子还给他,"不用小石子也可以,我我我另有办法",说这话的是西塞罗,是我曾经钦佩的,他的口吃不很严重,"不要去去海滨,美国的加拿大的瀑布正正正可利用,你对着瀑布大大大声讲,比在哥伦比亚的空厅里练习要容易收收收效得多",这些年了,西塞罗还是只有这个使他自己成名的老法子——与诸大演说家周旋,才明白我原先的设想全错了(或者全对了):一,我做讲演的地方必是静的,远处的瀑布海浪隐隐可闻,二,我的听众,各有所知,我讲到中途,停止,便可请任何一位听者上坛来持续下去,三,因此,听众都误以为讲稿是他给的,我在代他付出声调,姿势,乃至面部表情,四,或者,早曾听过,已全忘却,我讲一句,他记起一句,卒至讲完,他全部忆复,五,又或者,认为我既作了引言,他就不能不承担正文的和盘托出,六,更或者,麦,水,盐,啤酒花,都是他的,我是酿造师——如果有了这样的听众,我便不再对镜,随即回身开讲了,讲题是"为了使世界从残暴污秽荒漠转为合理清明兴隆,请您献出您的一茎头发"……大厅空着,阒无人影,听众怎会不来呢,那是因为,啊,那是由于我们对事物的取舍不像决定髭须的去留之容易,那是由于无可奈何才产生象征,将来有谁会说"还是二十世纪有味",就不必提前自作多情了,我们都难免有点像石阶上的纸袋空罐,风能吹得动的便飘一会滚一会,记不清前几天做什么,此外,便是薄的学士,滑亮的硕士,人造纤维的博士,还不如把花瓣洒在头上的好,认命不认输就已经很不错了,富兰克林的靴子价格是幽默的,"重过生活"的愿望并不幽默,怪只怪希腊神话中的"忘川"流出了神话,流入了现代都市的水管,而且太阳嫉妒思想,铜皮肤的思想者的体温真高,破旧的公园就是拉斐尔画过的雅典学院,意大利以罗马治安极差著名,长城的砖被搬回家去垒屋砌灶,"见而信"则本来就是无济于事,"不见而信"则愈来愈办不到了——因此,大厅空着……每个时代众说纷纭之后都是以几个警句来作为钟楼塔尖而留存的,本世纪迟迟不出塔尖,临末,警句来了,"只有一个地球",非常滑稽,这本该是哲学家政治家提的口号(老早可以含羞带愧地捧出来了),结果却呈现在七十年代瑞典斯德哥尔摩召开的国际环境会议所发的《人类环境宣言》里,警报的意义是重大的,除了生态的外在的环境需要敲响一只钟,不是还有别的钟也长久不响了吗,海德公园东北向的"自由论坛"这个大名鼎鼎的"演说角"的可悲的象征性要到何月何年才成为可笑的记忆,演说家老是站在肥皂箱上,容易误认为肥皂推销员,现在已进化到自制轻便小讲台,蜗牛壳似的随身背来背去,和平主义者,禁酒宣教师,女权论者,星相家,赛马迷,登高一呼,自会有人围拢来,打诨，调排，嘘之诘之——正牌大牌的哲学家政治家不仅从勿光顾而且绕道好望角似的绕过演说角，然而绕不过地球，人也就是这些人，俏皮话和老实话要说明的是一个意思，"一切都要过去"……大厅，巨镜，黑讲坛，不见了，草坪，石阶，全裸半裎的男女不见了，那是因为我自己已走到哈德逊河畔，风从树枝间吹来，我透了口气，摇摇头发（可不是吗），沿河南下，有一平平小岛，其上的自由女神正在接受大修理，明明是不修理不行了，自然界是存在和毁灭的循环，自然界是不事修理的，可不是吗，这一带草坡上的树木葱茏得几乎是森林了，绿影中传来诵诗的男声（我差点儿吃了一惊），他全身文艺复兴时期的装束打扮，另一个只穿短裤背心的女人羚羊似的环绕着他连连拍照（啊演员），他的发型，髭式，高颈围，窄袖，紧身裤，缚带的长袜子，翻口的船鞋，无不是伊丽萨白朝的个人复辟，我与他相距十步，有四百年时差的缥缈感觉，使我驻足不忍离开，他则旁若无女人地一心朗诵，双手作出几许优雅的动作，间歇时，把手指并紧，很明显地五指并紧，按在胸前，或腿上——这是十五十六世纪上流社会的习惯、风尚，以前我对此细节是忽略掉了（原来手指要并得这样的紧），从而感慨自己对于以往的时代的情操和习尚是多么荒疏无知，人类曾经像尊奉王者那样地敬爱面包师，而罗马人之所以自豪，他们只要有演出和面包，而法国人之所以比罗马人更加自豪，他们只要演出不要面包，而人类全都曾经像严谨的演员对待完整的剧场那样对待生活（世界），田野里有牧歌，宫廷内有商籁体，教堂中有管风琴的弥天大乐，市井的阳台下有懦怯而热狂的小夜曲，玫瑰花和月光每每代言了许多说不出口的话，海盗的三桅帆壮丽得几乎使人忘了大祸临头，啤酒装在臃肿的木桶里滚来滚去，一袭新装时髦三年有余，外祖母个个会讲迷人的故事，童话是一小半为孩子而写一大半是为成人而写，妈妈在灯下缝衣裳，宽了点，长了点（明年后年还好穿），白雪皑皑，圣诞老人从不失约，节日的前七天已经是节日了，然后是黑白灰的寄宿学校，透明的水彩画，手拉手的圆舞曲，骑术剑术是必修课（第一次吸雪茄时又咳又笑），服役的传令，初试军装急于对镜，远航归来，埠头霎时形成狂欢节，怀表发明之后，正面十二个罗马字和长短针，打开背壳，一帧美丽的肖像，沉沉的百叶窗（缕射的日光中的小飞尘），拱形柱排列而成的长廊似乎就此通向天国，百合花水晶瓶之一边是纤纤鲸脂白烛，鲸骨又做成了庞然的裙撑，音乐会的节目单一张也舍不得丢掉，人人都珍藏着数不清的从来不数的纪念品（日记本可以上锁的），雕花木器使一个不大的房间拥有终生看不完的涡形曲线，交通煞费周章所以旅行是神圣的，绵绵的信都是上等的散文，火漆封印随马车绝尘而去，风磨转着转着，羊群低头啮草，骑士挺枪而过，盔铠缝里汗水涔涔如小溪，剑客往往成三，独行侠又是英雄本色，云雀叫了一整天，空地上晾着刚洗净的桌布和褥单，小窗打开又关上又打开，两拍子的进行曲，铜管乐队走在大街上，早安，日安，一夜平安，父亲对儿子说，"我的朋友，你一定要走，那么愿上帝保佑你"，少女跪下了，"好妈妈，原谅我吧"……对于书、提琴、调色板，与圣龛中的器皿一样看待，对于钟声，能使任何喧哗息止，钟声在风中飞扬，该扣的纽子全扣上，等等我，请等等我，我就来……那时，很长很长的年代，政变、战乱，天灾，时疫，不断发生，谣言，凶杀，监狱，断头台，孤儿院，豺狼成性的流寇，跳蚤似的小偷，骗子巧舌如百灵鸟，放高利贷的都是洞里蛇，恶棍洋洋得意，逆子死不改悔，荡妇真不少，更多的是密探和叛徒——都有，不像历史记载的那些些，还要数不胜数，那时候（那许多年代），人类的世界可以比喻为一只船，船长，大副二副，水手（小孩算是乘客），心里知道此去的方向，人人写航海日记，月复月年复年的进程确实慢得很，烦躁，焦灼（有人跳海了），船还是缓缓航行……这样，就这样驶入本世纪，快起来，快得多了，全速飞窜，船长大副二副水手不再写日记，不看罗盘星象，心态是一致的——"管它呢"，谁知道从哪里来到哪里去——这不是"迷航"，是迷航则必要慌忙了，不慌不忙，那无疑是目标之忘却方向之放弃，一次又一次的启蒙运动的结果是整个儿蒙住了，"不知如何是好"是想知道如何才是好，"管它呢"是"他人"与"自我"俱灭，"过去"和"未来"在观念上死去，然后澌尽无迹，不再像从前的人那样恭恭敬敬地希望，正正堂堂地绝望，骄傲与谦逊都从骨髓中来，感恩和复仇皆不惜以死

第五讲 续谈存在主义，兼自己的作品

赴之，那时，当时，什么都有贞操可言，那广义的贞节操守似乎是与生俱来的天然默契，一块饼的擘分，一盏酒的酬酢，一棵树一条路的命名，一声"您"和"你"的谨慎抉择，处处在在唯恐有所过之或者有所不及，孩童，少年，成人，老者，都时常会忽然臊红了脸……仿佛说，我第一次到世界上来，什么都陌生，大家原谅啊——"我思故我在"的时代过完之后，来的竟是"我不思故我不在"的风气潮流，二十世纪是丰富了，迅速了，安逸了，宇宙大得多了，然而这是个终于不见赧颜羞色的世纪，可不是吗，我漫游各国，所遇者尽是些天然练达的人，了无愧怍，足有城府，红尘不看自破，再也勿会出现半丝赧颜半缕羞色了，心灵是涂蜡的，心灵是蜡做的，人口在激增，谁也不以为大都市的形式和结构是深重的错误，到博物馆去，到藏书楼去，到音乐厅去，仿佛去扫墓，去参与追悼会，艺术家哲学家曾经情不自禁仁不他让地以"酒神"命名，以"酒神节"来欢呼"精神之诞生"……麦子在悄悄发霉，葡萄一天天干瘪，"忘川"流出神话就混浊了一切水……我也只记得午睡醒来喝了咖啡，洗了澡刮了髭须，空手从水果铺子出来，没有在哥伦比亚大学中阅读过任何一本单独的书，想抽烟而走在草坪的小径上，怕累赘而不买九角钱一双的长统靴，我承认受到富兰克林"重过一遍生活"的诱惑，承认那次讲演是在排练中即告失败的，踽踽行到哈德逊河边，邂逅"文艺复兴人"，五指并紧的古典款式使我联想起逝去了的寒却了的人类社会的无数可怜的细节，那么，我想重过一遍的不是我个人的生活，那么说"只有生活在一七八九年以前的人才懂得生活的甜蜜"的泰雷兰德不能算是傻瓜，那么现在真是一个不见赧颜羞色的世纪，那么我眼前的一片水不是哈德逊河（什么河呢），河水平明如镜，对岸，各个时代，以建筑轮廓的形象排列而耸峙着，前前后后参参差差凹凹凸凸以至重重叠叠，最远才是匀净无际涯的蓝天……那叠叠重重的形象倒映在河水里，凸凸凹凹差差参参后后前前，清晰如覆印，凝定不动……如果我端坐着的岸称之为此岸，那么望见的岸称之为彼岸（反之亦然），这里是纳蕤思们芳踪不到之处，凡是神秘的象征的那些主义和主义者都已在彼岸的轮廓丛中，此岸空无所有，唯我有体温兼呼吸，今天会发生什么事，白昼比黑夜还静（一定要发生什么事了），空气煦润凉爽，空气也凝定不动，渐渐我没有体温没有呼吸，没有心和肺，没手也没足（如果感到有牙齿，必是痛，如果觉得有耳朵，那是虚鸣），我健康正常，所以什么都没有，目不转睛，直视着对岸参差重叠的轮廓前后凹凸地耸峙在蓝天下……要发生的事发生了——对岸什么都没有，整片蓝天直落地平线，匀净无痕，近地平线绀蓝化为淡紫，地是灰绿，岸是青绿，河水里，前前后后参参差差凹凹凸凸重重叠叠的倒影清晰如故，凝定如故，像一幅倒挂的广毯——人类历代文化的倒影……前人的文化与生命同在，与生命相渗透的文化已随生命的消失而消失，我们仅是得到了它们的倒影，如果我转过身来，分开双腿,然后弯腰低头眺望河水,水中的映象便俨然是正相了——这又何能持久,我总得直起身来,满脸赧颜羞色地接受这宿命的倒影,我也并非全然悲观,如果不满怀希望,那么满怀什么呢……起风了,河面波潋粼粼,倒影潋滟而碎,这样的溶溶漾漾也许更显得澶漫悦目——如果风再大,就什么都看不清了。

最后一段的写法,是音乐的写法。到后来是一种发作,这是音乐和写作的特权。

都过去了。生活过去,人没有了,文化一定也会过去,只留下艺术,我称做"倒影"。这主题,再大也无法大了。超乎地球,写宇宙,更大。但人类本身就这点事情。

以后再出这篇,还要改。观点也要改。这篇中,说理的部分还有毛病。意象的,就没有毛病。

哈代说:"多记印象,少谈主见。"真好。所以哈代是我的家庭教师。年龄的增加,就是又多懂了一点。"那你以前为什么不懂?"那是没有办法的。

我们围着木心。摄于1988年

第六讲

谈法国新小说派，兼自己的作品

《哥伦比亚的倒影》
《末班车的乘客》

一九九三年五月十六日

那天回去想想，今后发表，要改的地方大了，要改成诗。非诗的部分，全去掉。当时粉墨登场心理很重，很多粉，很多墨。

大家写时，不要真的老老实实去找意义连贯，而是意象上的连贯。古典写法，一定要在意象上协调。意义、意象的连贯，我是交合起来写的。

说穿了，这样写时，不能靠控制、设计，一定要天然流露。但平时对于音乐、蒙太奇之类，都要留心着。文学外的功夫，要纷纷落到文字上去。

写这一大段意象，心里狂喜。我的写法，是剑法，变化无穷，本身在变，方法在变，写的东西也在变。

这是生活中的小事。写呢，就这么一点。怎么写？艺术，质固然要紧，还有量的问题。所以一点感想，一点灵感，要懂得怎样装配起来。画肖像，不能画好一张脸，其他呢，不管了，那不行的。

"文学演奏会"第六讲笔录原件

谈法国新小说派（略）。休息。

上次讲《哥伦比亚的倒影》，后半段因为好几位有事，没讲透，只是读，耿耿于怀。今天讲讲清楚。那天回去想想，今后发表，要改的地方大了，要改成诗。非诗的部分，全去掉。当时粉墨登场心理很重，很多粉，很多墨。

今天从222页（台湾版）讲起——

（前略）

这是十五十六世纪上流社会的习惯、风尚，以前我对此细节是忽略掉了（原来手指要并得这样的紧），从而感慨自己对于以往的时代的情操和习尚是多么荒疏无知，人类曾经像尊奉王者那样地敬爱面包师，而罗马人之所以自豪，他们只要有演出和面包,而法国人之所以比罗马人更加自豪,他们只要演出不要面包,而人类全都曾经像严谨的演员对待完整的剧场那样对待生活(世界),

"原来手指要并得这样的紧"、"从而感慨自己对……如此荒疏无知"——下面要写的就是我有知的东西。这些都是"知识",你要让它"连贯"。但不是意义上的"连贯"。大家写时,不要真的老老实实去找意义连贯,而是意象上的连贯。

古典写法,一定要在意象上协调。意义、意象的连贯,我是交合起来写的。

这一段,涉及许多意象、感觉。

连用三个"而",连读,有种黏性,像是在色拉上浇点东西。故意连用三个"而",两个都不够。

田野里有牧歌,宫廷内有商籁体,教堂中有管风琴的弥天大乐,市井的阳台下有懦怯而热狂的小夜曲,玫瑰花和月光每每代言了许多说不出口的话,海盗的三桅帆壮丽得几乎使人忘了大祸临头,啤酒装在臃肿的木桶里滚来滚去,一袭新装时髦三年有余,外祖母个个会讲迷人的故事,童话是一小半为孩子而写一大半是为成人而写,妈妈在灯下缝衣裳,宽了点、长了点(明年后年还好穿),白雪皑皑,圣诞老人从不失约,节日的前七天已经是节日了,这段用了华彩和咏叹调的方法。

"田野里"、"宫廷内",是实讲。到"教堂中……弥天大乐",形容词上来了。然后一句比一句热烈华丽,抑抑扬扬(三桅帆船,我实在喜欢,但不知如何写,这心愿几十年了,到这里,写出来一句——索性不写帆船)。

忽然来个"白雪皑皑",声音上,意象上,都需要。

然后是黑白灰的寄宿学校,透明的水彩画,手拉手的圆舞曲,骑术剑术是必修课(第一次吸雪茄时又咳又笑),服役的传令,初试军装急于对镜,远航归来,埠头霎时形成狂欢节,怀表发明之后,正面十二个罗马字和长短针,打开背壳,一帧美丽的肖像,沉沉的百叶窗(缕射的日光中的小飞尘),拱形柱排列而成的长廊似乎就此通向天国,百合花水晶瓶之一边是纤纤鲸脂白烛,鲸骨又做成了庞然的裙撑,音乐会的节目单一张也舍不得丢掉,人人都珍藏着数不清的从来不数的纪念品(日记本可以上锁的),雕花木器使一个不大的房间拥有终生看不完的涡形曲线,交通煞费周章所以旅行是神圣的,绵绵的信都是上等的散文,火漆封印随马车绝尘而去,风磨转着转着,羊群低头啮草,骑士挺枪而过,盔铠缝里汗水淙淙如小溪,剑客往往成三,独行侠又是英雄本色,云雀叫了一整天,空地上晾着刚洗净的桌布和褥单,小窗打开又关上又打开,两拍子的进行曲,铜管乐队走在大街上,早安,日安,一夜平安,父亲对儿子说,"我的朋友,你一定要走,那么愿上帝保佑你",少女跪下了,"好妈妈,原谅我吧"……对于书、提琴、调色板,与圣龛中的器皿一样看待,对于钟声,能使任何喧哗息止,钟声在风中飞扬,该扣的纽子全扣上,等等我,请等等我,我就来……那时,很长很长的年代,政变,战乱,天灾,时疫,不断发生,谣言,凶杀,监狱,断头台,孤儿院,豺狼成性的流寇,跳蚤似的小偷,骗子巧舌如百灵鸟,放高利贷的都是洞里蛇,恶棍洋洋得意,逆子死不改悔,荡妇真不少,更多的是密探和叛徒——都有,不像历史记载的那些些,还要数不胜数,

用一种温情去写。中世纪的生活是温情的生活。古代的文化,乐趣,是可进可退。"(缕射的日光中的小飞尘)",是先写的,"沉沉的百叶窗",是后写的。自己喜欢的东西,把它写到括弧里,是退开。

小孩口袋里的东西,你掏出来看看,什么都有(大人的购物,其实是小孩的延伸)。到了"风磨"、"羊群"、"骑士",又是平写,因前面描写繁富。说穿了,这样写时,不能靠控制、设计,一定要天然流露。但平时对于音乐、蒙太奇之类,都要留心着。文学外的功夫,要纷纷落到文字上去。

窗子"打开又关上又打开"这句,得意的,神来之笔。写这一大段意象,心里狂喜。我的写法,是剑法,变化无穷,本身在变,方法在变,写的东西也在变。

休息。

底下写到船、船长。现在我以为，从来没有船长。耶稣本来可以算，但死得太早，又没成熟。结果教皇成了船长。人类这船，从来没有方向——

那时候（那许多年代），人类的世界可以比喻为一只船，船长，大副二副，水手（小孩算是乘客），心里知道此去的方向，人人写航海日记，月复月年复年的进程确实慢得很，烦躁，焦灼（有人跳海了），船还是缓缓航行……这样，就这样驶入本世纪，快起来，快得多了，全速飞蹿，船长大副二副水手不再写日记，不看罗盘星象，心态是一致的——"管它呢"，谁知道从哪里来到哪里去——这不是"迷航"，是迷航则必要慌忙了，不慌不忙，那无疑是目标之忘却方向之放弃，一次又一次的启蒙运动的结果是整个儿蒙住了，"不知如何是好"是想知道如何才是好，"管它呢"是"他人"与"自我"俱灭，"过去"和"未来"在观念上死去，然后澌尽无迹，不再像从前的人那样恭恭敬敬地希望，正正堂堂地绝望，骄傲与谦逊都从骨髓中来，感恩和复仇皆不惜以死赴之，那时，当时，什么都有贞操可言，那广义的贞节操守似乎是与生俱来的天然默契，一块饼的擘分，一盏酒的酬酢，一棵树一条路的命名，一声"您"和"你"的谨慎抉择，处处在在唯恐有所过之或者有所不及，孩童，少年，成人，老者，都时常会忽然臊红了脸……仿佛说，我第一次到世界上来，什么都陌生，大家原谅啊——"我思故我在"的时代过完之后，来的竟是"我不思故我不在"的风气潮流，二十世纪是丰富了，迅速了，安逸了，宇宙大得多了，然而这是个终于不见赧颜羞色的世纪，可不是吗，我漫游各国，所遇者尽是些天然练达的人，了无愧怍，足有城府，红尘不看自破，再也勿会出现半丝赧颜半缕羞色了，心灵是涂蜡的，心灵是蜡做的，人口在激增，谁也不以为大都市的形式和结构是深重的错误，到博物馆去，到藏书楼去，到音乐厅去，仿佛去扫墓，去参与追悼会，艺术家哲学家曾经情不自禁仁不他让地以"酒神"命名，以"酒神节"来欢呼"精神之诞生"……麦子在悄悄发霉，葡萄一天天干瘪，"忘川"流出神话就混浊了一切水……我也只记得午睡醒来喝了咖啡，洗了澡刮了髭须，空手从水果铺子出来，没有在哥伦比亚大学中阅读过任何一本单独的书，想抽烟而走在草坪的小径上，怕累赘而不买九角钱一双的长统靴，我承认受到富兰克林"重过一遍生活"的诱惑，承认那次讲演是在排练中即告失败的，踽踽行到哈德逊河边，邂逅"文艺复兴人"，五指并紧的古典款式使我联想起逝去了的寒却了的人类社会的无数可怜的细节，那么，我想重过一遍的不是我个人的生活，那么说"只有生活在一七八九年以前的人才懂得生活的甜蜜"的泰雷兰德不能算是傻瓜，那么现在真是一个不见赧颜羞色的世纪，那么我眼前的一片水不是哈德逊河（什么河呢），河水平明如镜，对岸，各个时代，以建筑轮廓的形象排列而耸峙着，前前后后参参差差凹凹凸凸以至重重叠叠，最远才是匀净无际涯的蓝天……那叠叠重重的形象倒映在河水里，凸凸凹凹差差参参后后前前，清晰如覆印，凝定不动……

下面我把我所在的称为此岸，是要讲出此岸与彼岸的新关系。反之亦然。我放在括弧里，意思是，无所谓此岸彼岸。

写一个肉体进入一个形上世界。

耶稣说，如果是精神上升天，不稀奇（以上指277页第三行以后）。其实已写到"道"、"禅"。但我不愿像他们那样写。要引出下面那段。但那段好写，引出的部分，难写。

看倒影的动作，是临时想出来的。但要写得轻巧随便。还要像音乐一样，结束前弄来弄去大弄一番后，才能结束。

结束，有的是一句警句，有的是"孤帆远影碧空尽，唯见长江天际流"。

如果我端坐着的岸称之为此岸，那么望见的岸称之为彼岸（反之亦然），这里是纳蕤思们芳踪不到之处，凡是神秘的象征的那些主义和主义者都已在彼岸的轮廓丛中，此岸空无所有，唯我有体温兼呼吸，今天会发生什么事，白昼比黑夜还静（一定要发生什么事了），空气煦润凉爽，空气也凝定不动，渐渐我没有体温没有呼吸,没有心和肺,没手也没足(如果感到有牙齿,必是痛,如果觉得有耳朵,那是虚鸣),我健康正常,所以什么都没有,目不转睛,直视着对岸参差重叠的轮廓前后凹凸地耸峙在蓝天下……要发生的事发生了——对岸什么都没有,整片蓝天直落地平线,匀净无痕,近地平线绀蓝化为淡紫,地是灰绿,岸是青绿,河水里,前前后后参参差差凹凹凸凸重重叠叠的倒影清晰如故,凝定如故,像一幅倒挂的广毯——人类历代文化的倒影……前人的文化与生命同在,与生命相渗透的文化已随生命的消失而消失,我们仅是得到了它们的倒影,如果我转过身来,分开双腿,然后弯腰低头眺望河水,水中的映象便俨然是正相了——这又何能持久,我总得直起身来,满脸赧颜羞色地接受这宿命的倒影,我也并非全然悲观,如果不满怀希望,那么满怀什么呢……起风了,河面波瀙瀙,倒影漱潋而碎,这样的溶溶漾漾也许更显得澶漫悦目——如果风再大,就什么都看不清了。

还剩半小时,选一篇短的:《末班车的乘客》。

末班车的乘客

长年的辛苦,使我变得迟钝:处处比人迟一步钝一分,加起来就使我更辛苦——我常是末班车的乘客。

也好,这个大都市从清晨到黄昏,公共车辆都挤满了人。排队候车,车来了,队伍乱得早知如此何必当初,青壮者生龙活虎抢在前头,老弱者忍无可忍之际,稍出怨言,便遭辱骂:

"老不死!"

最深入浅出的反唇相讥是:

"你还活不到我这把年纪呢!"

我不死而愈来愈老,成了末班车的乘客,倒也免于此种天理昭彰的混战了。

末班车乘客自然不多,我家远在终点站,大有闲情看看别的乘客的脸。或其他什么的,借以解闷。几年来,称得上"阅人多矣",也无什么心得,只记住了两件事——不能说是事,是常人叫做、叫做什么"印象"的那种东西。

曾有好几年,这都市食物匮乏得比大战时期还恐慌。主食米面在定量限制下,人与人之间再仁慈悌爱,要匀也匀不过来。糕饼糖果高价再高价,却还要凭证券才买得到。回想起来,那几年的人的脸色,确是菜色,而且是盘中无菜,面有菜色,青菜是极难买到的。好在大家差不多,你看我,等于我看你,除非是由苍白而干黄,转现青灰,进呈浮肿,算是不寻常了。也都不加慰问劝告,实在想不出营养滋补的法子来。都说日有所思夜有所梦,我在梦中也没有饱餐过一顿。

某夜,末班车座中有一老人带着个小女孩靠窗说着话,没听几句便知是外公和外孙女。那外公掏了一会衣袋——一颗彩纸包着的糖出现了，拿糖的手高高举起，小女孩边叫边攀外公的瘦臂，把我也逗笑了，这年头，一颗糖得来真正不易，值得使孩子在尝味之前先开心一阵——那瘦臂垂落了，女孩抢糖，被另一只瘦臂用力挡开，女孩乖乖地站着静等，老人细心剥开彩纸，一颗浑圆黄亮的水果糖倏然进入老人的嘴，女孩尖叫了一声，老人很镇定地抿紧干瘪的双唇，把包糖的彩纸放在腿上抚平，再以拇指食指夹起，在女孩的眼前晃来晃去，女孩像捉蝴蝶似的好容易到了手，凑近鼻孔，闻了又闻。

我把视线转向车窗外，路灯的杆子，一根一根闪过去。

还有，另一个印象更平淡：

末班车常会遇上剧院的夜戏散场，冷清的车厢突然人丁兴旺，而且照例是带着戏的余绪，说好说坏，热闹非凡。我坐在最后的一排位置上，某青年挤在我旁边，嗑着在看戏时没有嗑完的瓜子。那些乘客的家都不会离剧场太远，所以站站都有人下车。嗑瓜子的青年瞥见中间双人座有一空位，便离我而去。又过几站，靠窗的单人座上的乘客下车了，青年便轻巧转身过去占了，凭窗眺望夜景，瓜子壳不停地吐出窗外——中座比后排少受颠顿，窗口单人座更凉爽……少顷，坐在司机旁的位子上乘客起身挨出，那青年一刹那就扑过去坐定了——这个位子白天是不准坐的，是为教练试车而备，软垫特别厚，而且可以直视前方……下一个站，嗑瓜子的青年不见了。

他当然是经常乘车的，他在扑向那个座位时当然知道不出两分钟就要下车的——何必如此欣然一跃而占领呢。

我已是迟钝得只配坐末车的人了,却还在心中东问西问。

我笑了,还有别的"印象",比那外公的嘴里的水果糖,比那嗑瓜子的青年胯下的软垫子,更加不可思议的东西,我也见过不少。

譬如说——不必啰嗦了。

这是生活中的小事。写呢,就这么一点。怎么写?艺术,质固然要紧,还有量的问题。所以一点感想,一点灵感,要懂得怎样装配起来。画肖像,不能画好一张脸,其他呢,不管了,那不行的。

一开始,是真心诚意讲俏皮话。前面铺陈,是为了讲下面的小故事,要有这点本事,要会铺陈。

你不用把"你"真的放进去。艺术家要会在什么文章中放什么"你"进去。这篇里的"我"和《哥伦比亚的倒影》中的"我",完全不相干的。

文章,要解数分明。变戏法,那块布,这样挥过来,那样挥过去,这样,那样,然后……功夫在诗外,在画外。那个意思是说,诗内画内的功夫,绰绰有余。

第七讲

谈访谈

《仲夏开轩》

一九九三年六月十三日

这种锻炼,很重要。在家画画,做书生,出去演讲,也要有一套。福克纳在诺贝尔奖会上轻轻讲了一通,没有反响,他不会演讲。结果第二天讲稿发表,全世界叫好。

艾略特会讲。不善辞令,不会演讲,也不要伤心。要学。对话,可以显示你的节制。

第一句就要惊人。第一句不要放过它。第一个问题不要答得太长,也别太短:正好。也不能两三句就没了,煞风景。滔滔不绝,也不行,像个啤酒桶。

熟能生巧。你不要以为你不能巧,你还没有熟啊。

高上去,高上去,说起来是个本质的问题,其实也是个方法论。

"文学演奏会"第七讲笔录原件

今天是奇妙的一天。刘军来住了几天。他们学院让他来采访我，是公务，不是私事。正式、非正式地谈了很多。因为要写"答"，没有时间备课。所以今天就用这个访谈来讲——刘军译成我的短篇，出书，要用我的问答作序。

有点意思。

你们年轻。以后的机遇，接受别人采访的机遇，会比我多，告诉你们怎样接受采访。要到水里学游泳。我从 1980 年接受采访，到现在，总算有了一点接受采访的经验。

一共八次：

壹——日本某机构艺术家来访。那时刚"解放"，讲话还小心。1980 年。

贰——香港《中报》月刊，1981 年。

叁——陈英德，旅法台湾画家。《中报》月刊访，我讲得太花哨，陈英德访时，好一点了。你要把平时的想法、观点，好好集中说出来。不能胡扯。人采访林风眠："你画画用什么笔？""我用毛笔。"这种问题不能去回答的。问的人水平低，是个烂泥坑，你不能踩下去。

肆——《联合报》痖弦手下的二十个书面问题，当时可以选问题答。我说，全部回答。

伍——哈佛大学学生会主编访谈三次，但他始终写不成一篇文章。这种情况：那个人诚心，能力不行，最好索性给他一篇现成稿。

陆——洛克菲勒基金会两位女士，结果也是她们整理不出一篇文章。也是经验：要请他们给你看过，二要请他们发表后寄来。

柒——"人间"副刊。

捌——刘军，加州艺术学院教授，福克纳研究者。

这种锻炼，很重要。在家画画，做书生，出去演讲，也要有一套。福克纳在诺贝尔奖会上轻轻讲了一通，没有反响，他不会演讲。结果第二天讲稿发表，全世界叫好。

艾略特会讲。

不善辞令，不会演讲，也不要伤心。要学。对话，可以显示你的节制。

先把刘军的问题全部列出来，看看访者的"攻势"。辩论本身是战争性的。有些访者逼得很厉害，弄不好会跌倒的。以

下是问题:

如果我没记错,你是1982年来美的,至今已经写了十四本书。一般人认为你是个散文家,而你的小说也很奇特。有中国散文的优雅,也有西方散文的诡谲跌宕(融合、渗透、跳荡、分散之意)。现在你的短篇小说译成英文,介绍给西方读者,你有什么想法?

在你的作品中,蕴藉着丰厚的西方文化影响。这种影响究竟是你的终点、起点,还是别的什么?

你怎样对待中国文化的精髓?

你的小说有些似乎是自传性的,有多大程度上是虚构的?虚构与非虚构在西方是分开的。尼采说……(以下未记)

还有一种传统定义,认为虚构一方面是真实的,以康德的哲学,即指为二律背反,你以为如何?

回忆往事是你喜欢的主题,能否谈得详细些?

虽然小说、散文的区分是徒劳的,但你能否该是分一分?

你的小说究竟有没有思想性?

你是不是一个流亡作家?如果是,可否与其他流亡作家比较?

当今强调民族性,你注意人性的普遍性,怎么看民族性?

人死了,上帝死了,你认为这个世纪的人文状况是否终结?

最后两个问题可以使受访人跌倒的。"流亡作家"一问出来,许多中国作家要跌倒的。经验:千万不能他问什么,你答什么,像小学生一样。我怎么回答?许多东西,中文作品里我写过了。但这次读者是西方人,我要把这些东西放进去——第一句就要惊人。第一句不要放过它。第一个问题不要答得太长,也别太短:正好。也不能两三句就没了,煞风景。滔滔不绝,也不行,像个啤酒桶。

好。我开始回答他:

仲夏开轩

分身的欲望

问:如果我没有记错的话,你是1982年来到美国的,一直住在纽约,自八二年至今,你已写了十四本书,其中有诗、散文、小说,中文读者一般认为你是散文家,而你的小说也很奇特,中国修辞的幽雅微妙,与西方现代派行文的内向性逆反性,两相融洽,如鱼得水。现在你的短篇小说集即将有英文译本,你能否向英文读者谈谈你对自己的小说的看法?

答:我觉得人只有一生是很寒伧的,如果能二生三生同时进行那该多好,于是兴起"分身""化身"的欲望,便以写小说来满足这种欲望。我偏好以"第一人称"经营小说，就在于那些"我"可由我仲裁、做主，袋子是假的，袋子里的东西是真的，某些读者和编辑以为小说中的"我"便是作者本人，那就相信袋子是真的，当袋子是真的时，袋子里的东西都是假的了。

问：依你的观点推论，弗洛伊德对于梦和艺术之关系，其诠释全然没中肯？

答：没中肯，原谅他吧，因为他不是艺术家。而梵乐希的说法与我同调：艺术与梦正相反，梦不能自主，不可修改，艺术是清醒的，提炼而成的。

第一，"人只有一生是很寒伧的"，"如果二生三生同时进行"，岂不好玩得多（这是轻轻地出语惊人）。原来想做演员的，做不成，做小说满足欲望（不必解释做不做演员。假的）。梦，不能自主，不能修改，我偏好第一人称经营小说，在于那个我可以由我仲裁做主。袋子是假的，放进去的东西是真的；袋子弄真了，里边的东西是假的（不要管人家懂不懂。要关心自己讲没讲清楚。自己讲清楚，让人家理解去——没有什么大不了的观点。但要反复讲。米开朗琪罗那些人体，一再出现，都不一样，要征服你——还有，要口语化，不要太斯文，但要有语气）。

西方的陶甄

问：在你的作品中，蕴藉着深厚的西方文化精粹，有时甚至使人觉得这是西方产的，西方文化究竟如何影响你？是你的文学的起点，还是终点，或是别的？

答：人们已经不知道本世纪二十、三十年代，中国南方的富贵之家几乎全盘西化过，原因有三：一、大都会的殖民地性质辐射到小城市而波及乡镇。二、西方教会传道的同时带来了欧洲文明是系统的博洽的。三、成年人对域外物质文明的追求，便利了少年人对异国情调的向往。到了现代，西方人没有接受东方文化的影响，是欠缺、遗憾，而东方人没有接受西方文化的影响，就不只是欠缺和遗憾，是什么呢——我们不断地看到南美、中东、非洲、亚洲的那些近代作家、艺术家，谁渗透欧罗巴文化的程度深，谁的自我就完成得出色，似乎没有例外，而且为什么要例外，外到哪里去？所谓现代文化，第一要义是它的整体性，文化像风，风没有界限，也不需要中心，一有中心就成了旋风了。某西班牙画家说，他望着雅典的帕特农神庙，感到世界上一切文明文化都是从这八根石柱中出来的。在生态平衡环境保护上，"我们只有一个地球"，在文化艺术上我们只有一位教师，黑格尔说"希腊始终不失为人类的永久教师"这句话时，我想并没单指西半球的意思。我只凭一己的性格走在文学的道路上，如果定要明言起点终点或其他，那么——欧罗巴文化是我的施洗约翰，美国是我的约旦河，而耶稣只在我心中。

问：你真诚的回答，很感人……

我想起一件趣事：黑格尔谈到世界整体性时，将历史的终点站设在柏林，你同意吗？

答：笑话是不需要同意的。

第二，这个问题他问得好。外国人读我文章，不像中国人写的，中国人则会骂我洋奴。这问题，不能俏皮，要摆些感情。这问题看起来普遍，其实也是一个很大的陷阱，答得不好，性命交关——我的童年是在江南度过的。但安徒生、快乐王子、伊索……都到我家来。人们不知道江南富贵之家，在中国二三十年代已经全盘西化。其一，大都市的殖民化已波及乡镇（这一点没人说过），其二，西方教会传道同时，带进来的文化是系统的，博洽的。其三，成年人对现代西方无知的需要便利了少年人对异国情调的向往。我的两个家庭教师，其一毕业于教会大学，这样，希腊神话，四书五经，圣经，同时成了必须背诵的。我想，我常常想，如果没有这些西方吹来的影响，我会是怎样一个人？每次都想不下去。

西方人如果没有接受东方文化的影响，是欠缺、遗憾，而东方人如果没有接受西方文化，就不止是欠缺、遗憾。是什么呢？亚洲、非洲、拉丁美洲的一流作家，谁接受欧罗巴文化深,谁的自我完成就更出色,如有例外,外到哪里去?现代文化的第一要义是整体性。文化是风,没有界限。我们只有一个地球,只有一个教师。我的开口奶是白牛奶,但这之前,中国文化的黄连和蜜水也喂过我呀——如此回顾,好像真的找到了我的起点(不能讲是终点)——我在威尼斯买了一面镜子,照照,发现我还是一个黄肤黑发的中国人——西方文化是我的施洗约翰,美国是我的约旦河,耶稣一直在我心中(这个答,态度傲慢,语气谦逊。这样答,不是要说我洋奴吗?下面中国菜来了)。

中国之本尊

问:那么你又是怎样对待中国文化精粹呢?

答:中国曾经是个诗国,皇帝的诏令、臣子的奏章、喜庆贺词、哀丧挽联,都引用诗体,法官的判断、医师的处方、巫觋的神谕,无不出之以诗句,名妓个个是女诗人,武将酒酣兴起即席口占,驿站庙宇的白垩墙上题满了行役和游客的诗。北宋时期的风景画(山水)的成就,可与西方的交响乐作类比,而元、明、清一代代大师各占各的顶峰,实在是世界绘画史上的奇观。西方人善舞蹈,中国人精书法,中国的"书法"之道,是所有的艺术表现手段中,最彰显天才和功力的一种灵智行为。雕刻呢,云冈石窟华严壮美,似乎已是流贯于宇宙的默契。中国古代的陶、青铜、瓷的各式器皿,若与希腊、罗马、拜占庭、伊斯兰、埃及、印度的同类制品较量,中国古工艺堂堂独步于世界诸大国之上。中国的古典文学名著达到了不能增减一字的高度完美结晶,而古哲学家又都是一流的文体家,你仓促难明其玄谛,却不能不为文学魅力所陶醉倾倒,甚至像卡夫卡那样在老子面前俯首称臣。庞德、梵乐希凭直觉捉摸中国,克洛岱尔、博尔赫斯依感官眷恋中国,达摩为何不去别处而要到中国来,这是禅宗的最大的第一公案。中国的历史是和人文交织浸润的长卷大幅,西方的智者乘船过长江三峡,为那里的一草一木一山一水饱涵人文精神而惊叹不止。中国文化发源于西北,物换星移地往东南流,流到江浙就停滞了,我的童年少年是在中国古文化的沉淀物中苦苦折腾过来的,而能够用中国古文化给予我的双眼去看世界是快乐的,因为一只是辩士的眼,另一只是情郎的眼——艺术到底是什么呢,艺术是光明磊落的隐私。

第三问。答——"中国曾经是个诗国。"皇帝、军人、妓女,个个都是诗人。北宋的山水,可以和交响乐类比。西方人个个善舞,中国人用毛笔在纸上舞蹈,一直舞下去。中国的青铜器同西方各国同类作品比,堂堂……(此段未记)中国古典文学名著,达到不能增减一字的高度完美。而古哲学家一律都是文体家,你可以不理解他的哲学,但你不能不立即感受到他的文采——你能不能领略欧罗巴文化?你能不能参悟中国文化？那要靠前世的回忆。达摩为什么到中国来，这是禅宗的第一案——中国文化发源于西北，物换星移，流到江南。我……（此段未记）在中国古代文化的淤积中度过童年。童年的传统教育很苦，但用古文化的眼去看西方，是甜意的——艺术到底是什么呢？"是光明磊落的隐私。"（这个问答，不能让的。艺术上不能提老实，也不是狡猾。梵乐希说：陶渊明的朴素，那是大富翁的朴素啊。）

两个大问题过去，透口气，要开开玩笑了。

有限虚构

问：你的某些小说有自传的性质，却仍是小说，英文里小说是 fiction（虚构），但 fiction 不限于故事的营造，尼采说"凡是可以想到的，一定是 fiction"，Wallace Stevens 亦说"也许最后人们相信的是 fiction"，你说呢？

答：尼采的那句话，我宁愿读作"凡是可以想到的，已经是虚构的"，而 Wallace Stevens 的那句话，听起来又像叹息又像祈祷，不过小孩是相信虚构的，老人也回过去相信虚构了，只有青年中年人热中于追求非虚构。大而精致的虚构使人殉从，托马斯·阿奎那的神学的慑服人心就缘于此吧。而小说的虚构是很小的，稍大便成了童话神话。梦中情人与林中情人哪一个更可爱，你不用回答，因为，就是这个人。

（虚构问题）尼采说，凡是可以想到的，都是虚构的。尼采那句话，我来说，"凡是可以想到的，已经是虚构的"。小孩相信虚构，老人相信虚构，成年不相信虚构……梦中情人，林中情人，哪一个更可爱？你不用回答，就是那个人。

"二律背反"间的空隙

问：还有一种传统的定义，认为虚构小说一方面是编造的，另一方面是真实的，似乎自相矛盾，其实就是"二律背反"，是么？

答：当康德发现"二律背反"时，幸亏他有足够的自制力，否则邻居们将再也不见这位绅士下午出来散步了。我们只限于谈小说。那么，你可曾觉得二律之间有空隙，那终于要相背的二律之间的空隙，便是我游戏和写作的场地。

（二律背反问题）当康德发表二律背反时，是快乐的还是痛苦的？康德是有自制力的，否则邻居就看不到他下午出来散步了。我们只限于小说，那么你不觉得，二律背反之间的有空隙吗？这终于要背反的二律之间的空隙中，就是我游戏和写作的场地。

主体（主体 + 客体）

问：我还想追问"自传"一事，你究竟怎么考虑和处理"往事回忆"之类的题材，可否讲得更详细些？

答：我喜爱的并不是"往事"，而是借回忆可以同时取得两个"我"，一个已死，一个尚活着，中国的传统风尚是"死者为大"，譬如说，官吏威严出巡，路人肃静回避，途遇送殡的行列，便自行让道，不论棺中的是贵族是庶民。现在的我也总是以尊重的目光来看过去的我，但是每每将一些"可能性"赋予了从前的我，或者说，当时我想做而没有做的事，我要他在小说中做了，所以有一位批评家就指出我惯用的公式是：

主体（主体 + 客体）

就是这个"主体"在看"主体看客体"——你说讲详细些，第一个问题的回答中不是已经讲过了吗，再讲则又像"往事回忆"了。

（回忆往事题）我喜爱的不是"往事"，是可以取得的两个"我"，一个死了，一个还活着。我以尊重的眼光对待过去的我，但每每将可能性赋予从前的我。当时没做的事，做了——再讲，又要回忆往事了。

散文与小说

问：虽然为散文与小说作区别也许是徒劳的，更不必加以对比，但能否把两者的基本性质分一分？

答：散文是窗，小说是门，该走门的从窗子跳进来也是常有的事。

散文是窗，小说是门。该走门的，却从窗子跳进去，是常有的事（门归进出，窗是采光，看风景。我的小说人物常走到散文里来）。我讲过，上帝给你关了一扇门，会给你开一扇窗的。散文不能办大事，所以人要从窗户跳进来（刘军来时，每天谈到凌晨四点。他走后，我好几天出虚汗，太累）。

印象与主见

问：有时你称自己的小说为"叙事性散文"，可以稍作解释吗？

答：长篇小说，我另有定义，我的那些短篇小说，都是叙事性散文，就像音乐上的叙事曲。哈代曾说"多记印象，少发主见"，每隔一段时日我就会想起这句话，凡记印象的，当时和事后都很安逸，发了主见呢，转身便有悔意，追思起来悻悻不已。现在我用的方法是"以印象表呈主见"，如果读者感受了我铺展的印象,他们自己会有主见,或许与作者的主见相合,不合呢,也罢。"主见"是一条一条的船,"印象"茫茫如海,很多人在做着船大于海的好事哩,昆德拉奋力颂扬福楼拜,又克制不住要写些使福楼拜见之蹙眉的章节。我希望这个"以印象表呈主见"的方法渐渐能用得好些,现在还没像肖邦、舒伯特他们用得好。

问:有人纯事印象,我觉得也不成其为艺术。
答:单就写作技法而言,珍珠是印象,穿过珍珠的线是主见,这样就是一串项链,线是看不见的,是不能没有不能断的。

(有时你称自己的小说是"叙事性散文",可稍作解释吗?这是轻松题,也不能掉以轻心)长篇小说,我另有定义。我的短篇小说,都是叙事性的。哈代说:"多记印象,少谈主见。"我每隔一段时日,还要想起这句话——每记一段印象,都很安逸,而每说一段主见,转身即悻悻不已。如此折腾既久,决定以印象表呈主见。如果读者接受我的印象,已接受主见,如果不合读者的主见,也罢——"主见",不过是一条条船,"印象"却是茫茫无际。很多人都在做船大于海的蠢事,昆德拉也免不了。"印象"是珍珠,"主见"是线,那条项链,线是看不见的,但是不能断。

思想与接吻

问：你的散文所涵盖的思想面积很广，而在小说中你却很少显露棱角锋芒，细读时又感应到一种难以指名的哲理氛围，那么，你的小说究竟有没有所谓"思想性"？

答："思想"为何不端坐在论文的殿堂里，而要踅到小说的长廊中来呢，"思想性"只能成为小说的很远很远的背景，好像有一条低低的地平线的那样子。小说的中景，尤其是近景，不宜有思想，思想是反对接吻的，而且常会冒出浓烟，那是要使人咳嗽的。

（思想与小说关系）思想只能作为小说很远很远的背景，好像一条低低的地平线。小说的中景近景，不宜见思想。思想是拒绝接吻的。思想拉近了，要冒浓烟的。

散步散远了的意思

问：可以说你是一位流亡作家吗？如果是，那么可否将你自己与其他国族的流亡作家做个比较？

答：如果我十四岁时有人称我为流亡作家，那是会很高兴的。流亡，大抵分两种：名列通缉令者，黑色流亡。漫游各国住五星级旅馆者，玫瑰色流亡。二者我不居其一。乔伊斯认定

"流亡就是我的美学",我只觉得"美学就是我的流亡",观念世界的无尽飘泊,各安各的宿命,要说外在世界呢,本世纪的流亡作家分两代,旧俄罗斯蒲宁他们一代是仓皇脱根而去,后来在外国都枯萎了。东欧、苏联、南美的新一代可就身手矫健,"我在巴黎便更其布拉格"云云,我称之为"带根的流浪人",枝叶茂盛硕果累累。乡愁呢,总是有的,要看你如何对待乡愁,例如哲学的乡愁是神学,文学的乡愁是人学,看着看着,我是难免有所贬褒的,乡愁太重是乡愿,我们还有别的事要愁哩。若问我为何离开中国,那是散步散远了的意思,在纽约一住十年,说是流浪者也不像。

(流亡)如果在十四岁时,我被称为一个流亡作家,开心死了!流亡作家有两种,被通缉、迫害的,是黑色流亡,住五星宾馆的,是玫瑰色流亡。我不居其一。乔伊斯的意思是说,流亡是我的美学,阔气得过了头。我说,美学是我的流亡——哲学的乡愁是神学,文学的乡愁是人学,看着看着,难免有贬褒,乡愁太重,即乡愿,我的来到美国,是散步散远了的意思。在纽约一住十年,足不出户,栽花莳草,哪里是什么流亡(孔子说,乡愿,德之贼也。那些民运人士说:哭着出来,笑着回去。我说:真叫哭笑不得)。

动物性·植物性

问：当今的世界文学范畴内，许多作家——更多评论家——都强调作品的民族性、区域性，你是中国人，写中国题材也写西方题材，你是否更关心"人"的普遍性，你认为"人"、"人性"，这类问题应该如何对待？

答：你的提问中也许含有要廓清"东—西"、"南—北"的文学批评界的纷争的意向，那是政治偏见折射在文学上的刀光剑影，难说哪一刀是对的哪一剑是错的。如果认为普遍的人性即欧洲文化规定的人性，那又卷入"欧洲中心论"了，我已说过：凡倡言"中心"者，都有种族主义色彩，企图形成旋风，就有害无益——政治偏见，种族主义，不是我们要谈的事吧。

问：那么就谈"民族主义"和"人的普遍性"？

答：这是在大地缺乏盐分的危机时期，才会扰攘起来的问题，经上说：如果盐失去了咸味，再有什么能补偿呢，我挂念的是盐的咸味，哪里出产的盐，概不在怀。以民族性区域性来规范艺术作品，开始时还像是扩大了民俗学的研究阵地，到后来却在辨别谁家的盐是甜的，谁家的盐是酸的了，其实梅里美他们嘲笑"地方色彩"，爱因斯坦也说"民族主义是小儿天花症"，都早已看透这种既嚣张又自闭的不良心态，民族主义者很像布莱希特的《高加索灰阑记》里的那个总督夫人，为了争孩子，拉痛拉断孩子的手臂是在所不惜的，因为她是母亲呀，民族呀……我们还是回过来谈"大地的盐分"吧，纪德在晚年收到一封非洲青年的信，信中就是一番世纪性困惑的反思与前瞻，纪德说："这是大地的盐分，使老得行将就木的我不致绝望而死去。"事隔半世纪，"人"要绝灭"人性"的攻势越演越烈，而我所知道的是，有着与自然界的生态现象相似的人文历史的景观在，那就是：看起来动物性作践着植物性，到头来植物性笼罩着动物性，政治商业是动物性的战术性的，文化艺术是植物性的战略性的，今后的胜负成败我不欲断言——我有的不是信心，而是耐心，中国人的耐心好得出奇，这算是我个人的"民族性"和"区域性"吧。

问：福克纳1962年在西点军校答士官生的一段话中有说："如果民族主义进入文学，便不再有文学。我再讲得详细些，我的意思是，值得诗人去写，值得人们去创造音乐、绘画的那些问题，是人的心里的问题，与你属于哪个种族，肤色是什么，没有一点关系……"

答：是吗，福克纳说得直白。

问：文化艺术的植物性，植物性的战略性，这个论点大可发挥，请你继续演绎下去。

答：已在别的文章中有过初步的申述，以后还可能寻机会作些论证，这次就点到为止吧。

（民族性问题）这是大地上盐分没有了，人们才嚷嚷起来的问题。我不在乎盐产在哪里，但是有人就在争论哪里的盐咸，哪里的盐酸，就像《高加索灰阑记》内的那个识时务的总督夫人，拼命拉那个儿子，拉痛，拉断，在所不惜，因为是母亲呀，民族呀！再说盐分吧。我所知道的是自然界……动物性是战术，植物性是战略。我不来说谁胜谁负，我有的是耐心。中国人的耐心好得出奇，这一点，大概就是我的民族性、地域性吧。

生—死·死—生

问：尼采说上帝死了，尼采之后如是说的人更多了，上帝之死现在被一些理论家引申为人文主义之死，尼采确曾认为与那个主宰道德世界的上帝相辅相成的人文主义随上帝俱亡，然而尼采呼啸的"悲剧精神"是什么呢，可不是更高深更远的人文主义吗？这似乎又是二律背反？尼采还说：上帝之死，只是被人们模糊地理解着。你是怎样看待这些生生死死的？

答：问题越谈越大，也越黑，我向来只是剧场中的后排观众，你要我突然坐到前排靠近舞台，又何苦呢。

问：这是你的"东方态度"，西方作家不讳言"大问题"。

答：你用的策略是中国的所谓"激将法"，我非"将"，激了起来也枉然，还是聊聊文学的家常吧，刚才还在说什么"远远的地平线"，怎么让"地平线"跑到客厅里来了。

（这个问题更大。谈这个问题时，中夜，一点半钟，有红胸鸟在我门口不停地叫，叫彻夜。异象。我不敢看，也不说，睡下后，鸟叫才停下）问题是人类文学向何处去。我是反对真理的人。讲出一个道理。

问：打发掉这条"地平线"，我们就结束这次夜谈，明天我可以回校销差了。

答："问题"不傻，回答这种问题是很傻的。

中国的成语"哀莫大于心死"，就是指这种地步和状态，还有两个成语，叫做"绝处逢生"，叫做"置之死地而后生"，又是很可爱的逆论。眼前的时局和世道是：多数人忙着将传统的"人文"推向绝处死地，他们不知道他们做的究竟是什么事，因而更加飞扬跋扈。少数人想挽留"人文"，他们知道要做什么事而做不了，越发显得优柔寡断。于是大家一起到了绝处死地——"绝处逢生"是侥幸的，机遇的，至多是一项软规律，那"置之死地而后生"呢，是强梁自为，兵法家的极限决策，我之所以引用这两个成语，并非有待机遇侥幸来纾解目前的绝处困境，也不以为有伟大的兵法家来驱使众生至死地去，只是感觉绝处死地有可能出现"再生"（Renaissance），感觉，毋需理由，如果定要说个理由，也是简明的：人文主义人文精神既然会遭厌恶，那么抛弃"人文"的那种"主义"和"精神"也将被厌恶而抛弃。你说"上帝之死"与"悲剧精神"似乎成了二律背反，我以为不是二律背反，而是扬弃和升华，与上帝偕亡的"人文"是基督教的苦涩的信仰和未来的期许，而上帝死后的"人文"是狄奥尼索斯的快乐的智慧和现世的歆享，所以颠之倒之，骨子里仍然是希伯来思潮与希腊思潮的消长起伏。尼采的原话"Death of God a Phrase Dimly Perceived"，"Dimly"你译为"模糊"，如作"晦冥"解，或许更近乎尼采的本意，因为人们乍听到"上帝死了"，便觉得眼前一片晦暗，自己也就更加冥顽不灵了——其实这件大事，倒可用这么小比喻来和解诠释。经上说：如果麦子不死，何来金色的麦田，上帝和麦子一样，是自愿死去的，可是金色的麦田没有出现，希伯来的和希腊的这样两大思潮不再互为消长，都快消失殆尽了。至于文学家个人的幸与不幸，则在乎一己所遇的是什么样的朝代，我以前总认为自己坐的是夜行车，驶过风景极美的地带，窗外大片黑暗，玻璃映见的是自己的脸……而今渐渐看到一层薄明投上车窗来。为柏林墙的推倒，我写了一首诗（《从薄伽丘的后园望去》），目睹苏联的崩溃解体，我又写了一首更长的诗

(《彼得堡复名》),艾略特所见的是沉寂的"荒原",我们面临是喧嚣愤怒的"绝处"、"死地",但仍能听到阵阵钟声,闻者知是报丧,不知是新的福音,我们还参加过敲钟人的生日派对哩。

"上帝死了。人死了。难免人文主义人道主义就此终结?"我答:是的。完了。中国人说:"哀大莫过于心死。"另一句,"置之死地而后生"、"绝处逢生",真是两句可爱的逆论。"绝处逢生"是个软规律,"置之死地"是兵法家的策略——你要抛弃人文主义,你本身会被抛弃的——人类是顽童,历史从来没有安宁过。鸡叫之前而三次不认,现在才不过鸡叫二遍呢——你之遇到一个时代,幸与不幸,则在乎一己所遇的是什么样的朝代。为柏林墙推倒,我做了一首诗,苏联解体,我又做了一首诗。钟声还是时时听到,听者以为丧钟,但我们不是还常常举行敲钟人的生日派对吗?(我跟刘军说,一个人一生中最重要的好像是嫉恶如仇,艺术家应该是嫉俗如仇。中国那些半老的女人,仔仔细细打扮好了,做出难看的表情,走在街上。)

问:木心先生,请允许我在访问终了时,祝福你新的开始。
答:谢谢。

熟能生巧。你不要以为你不能巧，你还没有熟啊。高上去，高上去，说起来是个本质的问题，其实也是个方法论。

第八讲

再谈新小说，
兼自己的作品
《遗狂篇》

一九九三年六月二十日

一开头用四言古体诗作序幕。当时觉得：要给他们一点颜色看看。写古体诗，要有现代感，又要把古典融进去。要给这种印象：何等气魄，何等来历。

理，容易讲清楚，真理、道，讲不清。

此段末一句,要讲回来。讲历史,要这样讲,又那样讲,yes，no，都要去掉。

你们看，魏晋人讲话都是又傲慢，又谦逊。

魏晋人善长啸。这是一种很个人主义的音乐，是人的高尚的兽性。

"文学演奏会"第八讲笔录原件

再谈新小说（略）。休息。

今天讲解《遗狂篇》。当时是拼命写出来的。丹青知道。很惨。他买了菜送来给我，有芦笋。我从来没吃过芦笋，丹青也没吃过，给我买来。

台湾《中国时报》排版时，这篇错字最多。

遗狂篇

采采景云　　照我明堂
樽中瑗磾　　堪息彷徨
理易昭灼　　道且惚恍
惚兮恍兮　　与子颉颃

有风东来　翼彼高冈
巧智交作　劳忧若狂
并介已矣　漆园茫茫
呼凤唤麟　同归大荒

一开头用四言古体诗作序幕。当时觉得：要给他们一点颜色看看。写古体诗，要有现代感，又要把古典融进去。要给出这种印象：何等气魄，何等来历！

用韵，都用最强烈的最阳刚的韵：堂、徨、恍、颜、冈、狂、茫、荒。

"采采景云"。"采采"，丰富，"景云"，祥云。"明堂"，周朝时王子住处。后来的大人家也用"明堂"——两层意思，可高可低。"樽中瑷瓃"，杯中云影云气，"堪息彷徨"，酒喝下去，就不再彷徨——以上写情，以下说理。

理，容易讲清楚，真理、道，讲不清。"与子颉颃"，我来和你辩辩，挑战的意思，和你比高低——整篇文章就是这意思。"子"，泛指"你"，什么都可以称"子"。

"有风东来，翼彼高冈"，即紫气东来。下句，古人云"巧者累，智者忧"，我是既巧亦智，故劳忧若狂。自比，口气很大。不是巧者，不是智者，是巧智者。

"并介已矣"，并，集体主义，介，个人主义。古人说"并不能介，介不能并"，这里，我以为并介之说都已经过去了。

"漆园茫茫"。庄子曾在漆园,庄子这个并介之说,过去了。最后两句,走吧,走吧,唤的都是高朋。

写前面的序言(诗),要有极大的概括力,又不执着于一点,又骄傲,又谦逊,最后同归大荒,也不下结论。

接下去……

那时,我在波斯。后宫日暮。

波斯王得意非凡地在我面前卖弄才情:

"朕之波斯,岂仅以华奢的锦毯驰名于世,更且以高贵的思想,华丽的语言,令天下谈及波斯无不归心低首,哦……思想是卷着的锦毯,语言是铺开的锦毯,先生以为然否?"

"那时,我在波斯,后宫日暮",口气要接得牢,不能脱手,接好了,可以松口气了。再以下,又要有波斯味道,又要仍有古意,可以和前面四言接上。

余曰:

"美哉斯言,陛下的话我在别处听到时下面还有两句:思想愈卷愈紧,语言愈铺愈大。"

"我在别处听到",其实是那个"我"自己想的,推给别处——这几句,我在讽刺翻译家和学者。

静了一会。

"请先生猜猜我在想什么?"波斯王面呈悦色。

"陛下所思如此:那家伙还说是想出了这个警句马上奔来贡献的。"(那家伙是指日夜缠绕着我的某博士。)

王掀髯扬眉:

"先生言中,此人休矣。"

我觉得要拯救那专事贡献警句的奴才也不难,乃曰:

"贵国的思想语言的锦毯,也应像羊毛丝麻的锦毯那样倾销到各国去;彼欺君者,可免一死,遣去作思想语言的锦毯商,以富溢荣耀波斯帝国。"

王曰:

"善!"

这件事算是过去了。然而接下来波斯王诡谲谦卑地一笑,我当然知道他的心意是什么。

于是,我离开了波斯。原来只是为了找峨默·伽亚谟谈谈,才兴此无妄之行。谈过了,各种酒也喝得差不多了——在我与伽亚谟的对饮中,压根儿没有波斯王的份,好像只涉及过所罗门和大卫的悲观主义。

"于是,我离开了波斯。"是指再说下去,那奴才要害死我的。

所罗门,大卫,当时不叫悲观主义,叫上去,蛮好的。

后来，那博士即奴才者，果然成为国际著名大学者。后来，许多后来，那是现代了，现代的思想和语言，卷也卷不拢，铺又铺不开，不再是锦毯，倒是褴褛不堪的破毯，据说是非常时髦的，披在身上，招摇过市，不都是顶儿尖儿的天之骄子骄女么。

几个转折，一个一个转过来："后来，许多后来，那是现代了。"

那时，我在希腊，伯律柯斯执政。

雅典最好的神庙、雕像，几乎全是这阵子造作起来的，说多也不算多，可是市民啧有烦言，终于认为国库大虚了——伯律柯斯不免郁闷。

我问道：

"你私人的钱财，够不够相抵这笔造价？"

他想了想，清楚回答：

"够，有余，至少相抵之后还可以畅意款待你。"

"那么，你就向民众宣布，雅典新有的建筑雕像，所费项目，概由伯律柯斯偿付，不过都要镌一行字：'此神庙（或雕像）为伯律柯斯斥资建造（或制作）。'"

他真的立即在大庭广众这样说开了——群情沸腾，其实是异口同声，意思是：

不行！不必了！雅典的光荣是全体雅典人的，国库为此而耗损，我们大家来补充，谢谢伯律柯斯的慷慨，我们雅典市民可也不是小气吝啬的哪！

这便是古希腊的雅典佬的脾气。

所以伯律柯斯后来激励士兵的演说，确是句句中肯，雅典人平时温文逸乐，一旦上战场，英锐不可抵挡，深厚的教养所集成的勇猛，远远胜过无知无情者的鲁莽。

花开花落，希腊完了，希腊的光荣被瓜分在各国的博物馆中，活生生地发呆——希腊从此是路人！

"花开花落，希腊完了……"要快。

犹记那夜与伯律柯斯徒步而归，身后跟随着不少酒鬼，一个劲儿大着舌头唠叨，竟是辱骂诅咒了，我们不声不响不徐不疾地走到邱府，伯律柯斯吩咐侍从道：

"打起灯笼，好生照他们回家，别让摔坏啊。"

据侍从回来告诉我说："酒鬼们似乎忽然醒了，哭了，发誓以后不再骂人，不再酗酒了。"

当然，酒还是要酗的，人还是要骂的，现代的希腊人便是这些祖宗的后代——伯律柯斯没有后代。

希腊的没落，其他古国的没落，奇怪在于都就是不见振复了，但愿有哪个古国，创一例外，借以驳倒斯宾格勒的"文化形态学"论点。

说得正高兴，斯宾格勒挽着弟子福里德尔缓缓行来：

"好啊，今天天气好啊！"

霪雨霏霏，连月不开，我们的脾气暴躁极了，走吧，否则要打架了。

和伯律柯斯散步，要敢这么写。最后写到斯宾格勒，意思是我又同意西方没落，又不同意。

那时我在罗马，培德路尼阿斯府第。

唉，尼禄真不是东西！

我同意培德路尼阿斯的外甥的苦劝，及早逃亡吧，已经迟了，非走不可了。

"到哪里去呢？"他的俊目一贯含有清莹的倦意。

离开罗马，是没有地方足以安顿这位唯美唯到了顶巅的大师。

"与那些轿夫马弁为伍，不如死。"培德路尼阿斯的出世之心早已圆熟。

翌日大摆筵席，管弦悠扬，鲜卉如阵，美姬似织，以优雅丰盛而论，这番饮宴在罗马史上是空前的，皇家的豪举不过是暴殄天物滥事夸饰而已。

众宾客面前，各陈一套精美绝伦的餐具，人人目眩，心颤，唯恐失措。

培德路尼阿斯,唯美主义老祖宗。这段资料,我是从显克微支《你往哪里去》那里来的。他要出巡,洗热澡,泡牛奶,身体各部,用各种香水,抬过街,装出很忧郁的样子。

酒过三巡,菜更十四,一道菜便是一行诗。
主人举杯:
"幸蒙光临,不胜感德,散席后,区区杯盏,请携回作个纪念——今天是我的亡期。"
谁都惊绝了,然而谁也不露惊绝之色。
培德路尼阿斯示意医士近来,切断腕上的脉管,浸在雕琢玲珑的水盆里。
罗马宰相谈笑自若,嘉宾应对如流,侍官穿梭斟酒,乐师俯仰竞奏。
精炼于"生"者必精炼于"死"。
谁都悲悯揎割,然而谁也没有泄漏揎割的悲悯。

"揎割",是魏晋人常用的。王羲之书信也常用。

又示意医士近去:
"我有点倦,想睡一忽儿,请将脉管扎住。"
音乐轻又轻,庭中喷泉,清晰可闻,大师成寐如仪,众宾客端坐无声息。

他醒来了,神气清爽,莞然一瞥。

随着仓皇的马蹄声而猝至的是暴君尼禄赐死宰相的密旨。

培德路尼阿斯闲闲笑道:

"他迟了一步——快去回复皇上,说,培德路尼阿斯最后的一句话:尼禄是世界上最蹩脚的诗人!"

尼禄中此一箭,活着也等于死了——因为他从来自信是世界上最伟大的诗人。

脉管又放开,盆中淡绛的液体徐徐转为深红。

灵魂远去,剩下白如云石的绝代韶美的胴体。

他的著作亦零落散佚。

他所遗赠的餐具在我手边。

有人嗤笑了:

"你竟像古罗马人那样一饮一啄?"

我说:"都要像你那样生吞活剥才算现代派么。"

瞧这些现代的小尼禄。

以上三个片断,是打埋伏。

那时我在华夏,魏晋递嬗,旅程汗漫。

古代人,就是像人。"那时我在华夏"。可用"中国"、"支那",我选了"华夏"(支那,并不是贬称)。"我在华夏"一段,平写。

所遇皆故人,风气是大家好"比",一比,再比,比出了懔懔千古的自知之明与知人之明。

"所遇皆故人",是奇。风气好"比"。这一点,以前没有人讲过。比什么呢?下面把实质性的意思讲出来。

话说人际关系,唯一可爱的是"映照",映照印证,以致日月光华,旦复旦兮,彪炳了一部华夏文化史。滔滔泛泛间,"魏晋风度"宁是最令人三唱九叹的了;所谓雄汉盛唐,不免臭脏之讥;六朝旧事,但寒烟衰草凝绿而已;韩愈李白,何足与竹林中人论气节。宋元以还,艺文人士大抵骨头都软了,软之又软,虽具须眉,个个柔若无骨,是故一部华夏文化史,唯魏晋高士列传至今掷地犹作金石声,投江不与水东流,固然多的是巧累于智俊伤其道的千古憾事,而世上每件值得频频回首的壮举,又有哪一件不是憾事。

再下段,"臭汉脏唐",是成语拆开了用。六朝旧事,用了王安石的句子。这时故意用别人的句子,不必自己写。

比气节,韩愈、李白确实不能同魏晋人比,都曾拼命想做官。"巧累于智俊伤其道",是人家评论嵇康的话。此段末一句,要讲回来。讲历史,要这样讲,又那样讲,yes,no,都要去掉。

初夏的大柳树下一片清阴,蝉鸣不辍,锻铁丁丁。

"锻铁丁丁",不读"丁",读音是"铮"。

中散大夫是穷的贵族,世袭了几棵大柳树,激水以圜之,居然消暑佳处,向秀为佐鼓排,叔夜箕踞而锻,扬鎚连连,我虽对鎚如礼,此心怔忡,以为这枝龙头杖是为死神引路的——清早策骑赴此,相见便道:"钟会真的要来了!"二十年来未尝见喜愠之色的嵇康竟皱起了眉头……子期亦来报此消息,斟酌大半天,还是顺从了嵇公的决策,演这场戏。心里都希望钟会不来——不来就好了。

叔夜,嵇康的字,嵇叔夜。"箕踞",撑开腿坐着。向秀,字子期,七贤之一,嵇叔夜的好友。嵇康死后,向秀作赋,好得不得了。钟会是司马的宰相,司马朝篡了魏,嵇康是魏的驸马,是政治上的敌人,钟会要来收买嵇康。

然而来了,长长一队,马骄游龙,衣袂轻云,诸俊彦扈拥着正被大将军兄弟幸昵的钟会,果然尊荣倜傥,而神色又是那样安详恭谨。

鎚声、蝉鸣、犬吠、风吹柳叶……不知过了什么时辰……

钟会及其宾从终于登鞍揽辔了,我没料到嵇康忽然止鎚昂首,问道:

"何所闻而来?何所见而去?"

"闻所闻而来。见所见而去。"钟士季哪里就示弱了。

霎时寂然,蝉也噤了似的。

马头带转,蹄声嗒嗒,渐行渐远,他们故意走得那样的慢。

夕阳西下,柳荫东移,一种出奇的慵懒使我们兀坐在树根上真想躺倒,沉睡。

我不免咨嗟:

"钟士季如此遭遇,其何以堪!"

"不若是,我何以堪?"叔夜进而问道。

"子易我境,更有脱略乎?"

对曰:

"与公一辙耳!"

子期亦轩然而苦笑。

"我不免咨嗟"一段对话,全是我写的,看起来好像魏晋真有这回事似的。

杀机便是这样步步逼上来。嵇康自导自演了这场戏，以前的伏笔已非一二，再加上那封与山巨源绝交书，接着又是吕安囹事，嵇康诣狱明之。钟会比嵇康更清楚地看到"杀机"成熟了，便在那个路人皆知其心的晋文王前，一番庭论，谗倒了"目送归鸿，手挥五弦"的大诗人，嵇康下狱，与华士、少正卯同罪。历史真的不过是一再重复，恶的重复。

当三千太学生奋起联名，请以为师，时论皆谓中散大夫容或得免于诛，我想，糟了，"波荡众生"，这就更坚了大将军必戮嵇康之心。

叔夜的自知之明和知人之明其实是足够的，是他的风骨，他的"最高原则"，使他不能不走这条窄路，进这个窄门。与山涛的绝交书之所以写得如此辛辣汪洋，潜台词是：我终不免一死，说个痛快吧，也正是因此可以保全你。

山公本以度量胜，畴昔一面，契若金兰，嵇与山，何嫌何隙，不过是，明里设一迷障，骗过司马昭，暗里托一心事：小儿嵇绍，全仗山公了——这一着棋，唯巨源领会无误，大将军且不谈，就是嵇绍本人也是被乃父瞒住了的。

二十年后，果然，山公举康子绍为秘书丞，嵇绍似乎觉悟了，然而还不知究竟，临到要去谒谢山公时，他有点踟蹰，我口中鼓舞他，心里想的是：嵇康有子，清远雅正，而神明不如乃父，毕竟差得多了。

叔夜既殁，余心无所托，寥落晨昏，唯有期待于山涛了，痴痴二十岁，终于聆到了他对嵇绍说的一番话，其实是在对亡友表衷情：

"为君思之久矣，天地四时，犹有消息，而况人乎！"——说得太好了，一往深情……每忆此言，辄唤奈何。

山巨源老婆很高超。请丈夫的朋友来，躲在后面看。看下来说，你啊，都比不上他们，但你的度量比他们大。

"踟蹰"，左右为难，徘徊不前。"清远雅正，而神明不如乃父"一段，是为了写这一段，我才写前面这些。"天地四时，犹有消息，而况人乎！"来历是老子《道德经》。

以下又拉回来，说"比"。

至此，我也觉得可以回过头来，再表彰魏晋人士的好"比"。

我问庞士元："顾劭与足下孰愈？"

答曰："陶冶世俗，与时沉浮，吾不如顾；论王霸之余策，览倚仗之要害，吾似有一日之长。"

我问谢鲲："君自谓何如庾亮？"

答曰："宗庙之美，吾不如亮；一丘一壑，自谓过之。"

你们看，魏晋人讲话都是又傲慢，又谦逊。

"一丘一壑"，指心中办事，一进一退的能力。

既知桓公与殷侯常有竞心，我问殷："卿何如桓？"

殷曰："我与我周旋久，宁作我。"

我又问刘真长："闻会稽王语奇进尔邪？"

刘曰："极进，然故是第二流中人。"

我再问："第一流复是谁？"

刘答："正在我辈耳。"

殷侯既废，桓公语我曰："少时与渊源共骑竹马，我弃去已辄取之，故当出我下。"

某日酒酣，王中郎忽问刘长沙："我何如苟子？"

刘答曰："卿才乃当不胜苟子，然会名处多。"

中郎顾我而指刘曰："痴！"

某夕在瓦官寺，商略西朝及江左人物，刘丹阳、王长史并在座，我问桓护军："杜弘治何如卫虎？"

桓答曰："弘治肤清，卫虎奕奕神令。"

王刘亦善其言。

只有一次，我落了空，那天在桓公座，问谢安石与王坦之优劣，桓公初言又止，笑曰：

"卿喜传人语，不能复语卿。"

"喜传人语"句，是讲别人，我拉到自己头上。

而最畅快的一次是问孙兴公："君何如许掾？"

孙曰："高情远致，弟子服膺；一吟一咏，许将面北。"
大概是彼此多饮了几杯，我乘着酒兴，不停地问：
"刘真长何如？"
曰："清蔚简令。"

"清蔚简令"，纯洁，"蔚"，茂盛，却又简便，很难得。

"王仲祖何如？"
曰："温润恬和。"
"桓温何如？"
曰："高爽迈出。"
"谢仁祖何如？"
曰："清易令达。"

"清易令达"，非常理性，"易"，方便，灵巧，"令"，好名声。

"阮思旷何如？"
曰："弘润通长。"

"弘润通长"，广泛，清澈。学阮籍，自保。阮籍从不讲人好坏（我与刘军问答，又来"俊伤"）。

"袁羊何如?"

曰:"洮洮清便。"

"殷洪远何如?"

曰:"远有致思。"

回答得真是精彩缤纷,虽已说了自己与许掾的较量,我还问:"卿与诸贤掩映,自谓何如?"

答曰:"才能所经,悉不如诸贤;至于斟酌时宜,笼罩当世,亦多所不及;然以不才,时复托怀玄胜,远咏老庄,萧条高寄,不与时务萦怀,自谓此心无所与让也。"

我忍不住,继续问:"卿谓我何如?乞道其详。"

孙曰:"轩渠磐礴,憨变无度,幸毋巧累,切忌俊伤,足下珍重,我醉,且去。"

于是抚掌相视大笑,梁尘摇落,空瓮应响,尽今夕之欢了。

如此一路云游访贤,时见荆门昼掩闲庭晏然,或逢高朋满座咏觞风流,每闻空谷长啸声振林木——真是个干戈四起群星灿烂不胜玄妙之至的时代。

魏晋人善长啸。这是一种很个人主义的音乐,是人的高尚的兽性。

"兴味高超,文采强烈",这是古人形容嵇康"兴高采烈"的原意。

温太真者，自亦不凡，世论列于第二流之首，当名辈共说人物第一将尽之间，我见温屏息定睛，惨然变色——足知这种竞"比"的风气之庄严淋漓，正是由于稍不相让，才愈激愈高，愈澄愈清。神智器识，蔚为奇观，后人笼统称之为"魏晋风度"，而"酒"和"药"，是否能怡情养性益智轻身，恐怕是次要的引证，或者是反面的解释了。

旅行结束，重回二十世纪末的美利坚合众国。

纽约曼哈顿五十七街与麦德逊大道的交界口，一幢黑石表面的摩天楼的低层，巨型的玻璃墙中，居然翠竹成林，绅士淑女，散憩其间。我燃起一根纸烟，凝视青篆袅袅上升，心中祭奠着嵇康，"兴高采烈"，本是评赞嵇康的独家形容词，他的"声无哀乐论"，他的"锻工雕塑"，是非常之现代性的，而我，不过是一个忘了五石散而但饮咖啡的古之遗狂而已，就算是也能装作旁若无人，独坐幽篁里，明月不来相照了。

若论参宰罗马，弼政希腊，训王波斯，则遥远而富且贵，于我更似浮云。

这是一篇游戏之作。

最近写写黄昏景色，然后写：

"不知道要原谅什么，都原谅了。"

第九讲

谈《素履之往》

自序
《庖鱼及宾》
《朱绂方来》

一九九三年九月十一日

音乐家,自己作曲,自己弹。其他艺术家,没有这个前例。

我讲自己的书,不是骄傲,不是谦虚。毕竟文学和音乐不一样。我们两三知己,可以这样讲讲。在学堂、学府,能不能这样做?要看怎么做。传出去,木心讲自己的书,老王卖瓜,自赏自夸。所以要讲清楚——传出去,也要传清楚。

文质彬彬。我不在乎这个。文质是在一起的,要文有文,要质有质。文质彬彬,我这样来解释。

你说这样子读者能不能懂?他懂不懂,与我无关。总会有人懂的。

写序是很快乐的事。什么快乐呢?自我居高临下。写日记,是写给自己的信。写序,是该比自己高得多了,有一种快感。

老少两代闹不好关系,不是年龄的问题,是智慧的问题。我觉得和青年人很好相处。我懂得他们。青年人,从十四岁到二十四岁,是艺术家的年龄。热情,爱美,求知,享乐。

"文学演奏会"第九讲笔录原件

今天是今年秋天第一堂课。

因为新出一本书,《素履之往》,就讲这本书。讲到哪里是哪里。

为什么要讲自己的书?刘丹今天来听课,重申一下:音乐家,自己作曲,自己弹。其他艺术家,没有这个前例。你写出一点东西,许多东西留在心里,人死了,就没有了。《红楼梦》,没有写出来的东西,多得多了。

曹雪芹的才能,只在《红楼梦》里露了一露。脂砚斋,不具名的,可能是曹雪芹的亲戚、朋友,是曹雪芹的作品的见证人。他不把艺术当假,他当它是真的。那天问阿城,如果脂砚斋把曹雪芹的人给写出来如何?阿城惊喜。

我讲自己的书,不是骄傲,不是谦虚。毕竟文学和音乐不一样。我们两三知己,可以这样讲讲。在学堂、学府,能不能这样做?

要看怎么做。

传出去,木心讲自己的书,老王卖瓜,自赏自夸。所以要讲清楚——传出去,也要传清楚。

书名。为什么要用《易经》作书名?不是复古,也不是取巧。

要把文学回到过去,延伸到未来,你哪里来力量?我用古典,是用古典的弹力,弹到将来去。你说,你也会弹,我说,你弹弹看。

弹还是看你弹。弹不好,墙壁不睬你的。

光取"素履之往",不加注释,太吝啬了。你用古典,要帮助它(卡夫卡说,你反对这个世界,你要帮助它)。

注释,在扉页上端。仍用古典解释古典,不用我的文字,全用《易经》。可你到《易经》中去找,全是零零碎碎的,不连贯的。注释不用标点,太看得起读者了。我还是用,但是用古法。

"初九",是编号。履卦。

☰ 乾

☴ 巽

素履,难用现代话说。只能说:"动机纯洁的形相"。

象曰,指后人解释。

纯洁的动机,向前走。

九二,编号

幽人贞吉,内心一点不乱。

贞厉,诚恳。

一开始时,就很纯洁。人本质是有礼的,就是根据人的本质作装束的,文之极反而质也。文质彬彬。

(我不在乎这个。文质是在一起的,要文有文,要质有质。文质彬彬,我这样来解释。)

你说这样子读者能不能懂?他懂不懂,与我无关。

总会有人懂的。

《易经》,多少人研究过。名士,大家,研究过。《易经》是用来算命的,算国家朝代的命。看风水,算命——从来没有人把《易经》当文学看。

不仅是看它,而且用它。

我看《道德经》、《易经》,都用文学的态度进去,文学的态度出来(我小时候,母亲就要我们背诵《易经》的口诀)。

《易经》的句子,很愁苦,是很苦难的经验——从来没有被讲出来,听人讲,都很不以为然。到前几个月,读到宋欧阳修有句:《易经》是忧患之书。遇到这种事情最高兴了:有人一样看法。

究竟《易经》是什么?

我有个形而上的看法：有种神秘的力量无法同人对话。有了《易经》，有了算命（牌、扑克、麻将，都可以算命的）、玄学，就可以对对话。

"序"。在座将来都会给自己的作品集写序。或请人写，或自己写。或两个三个序，五六个序都有的。我的体会，最好是自己写。

写序是很快乐的事。什么快乐呢？自我居高临下。

（写日记，是写给自己的信）写序，是该比自己高得多了，有一种快感。鲁迅，我最喜欢看他的序、后记。很见性情，很见骨子。

"我要写序了，我要写序了！"这样写不好序。

讲演，事先也不能想。

序怎么写呢？写不出怎么办呢？写不出——后来就写出来了。

开始读《素履之往》的序。

《素履之往》自序

总觉得诗意和哲理之类，是零碎的、断续的、明灭的。多有两万七千行的诗剧，峰峦重叠的逻辑著作，歌德、黑格尔写完了也不言累，予一念及此已累得茫无头绪。

"总觉得……"一般不这么开头。"觉得",是把分量减轻,"总",又把分量加重。这样忽轻忽重地来写,来开头——但事实上真是这样觉得。

第一段末……这不是正经话,是玩世不恭的说法。口气很大。有含意的。"两万七千行诗",指歌德的《浮士德》。《浮士德》谁不知道?不写它。

"逻辑著作",指的是黑格尔——下句,才写出歌德、黑格尔的名字(文学上,我用的是肖邦的"触键",倪云林的"皴法")。

我喜欢模棱两可。不是多一"可"吗?

前面一段,全是假象,非常不正经,可是非常严重地在说这些东西。但没有后面一段,前面是白说的。不知在说些什么。

尼采最好的地方,是有些东西一说出来,就面对面。"架构体系不诚实",没有人这样看,看到了,没有人这样说出来。

哲学家都爱架构体系。只有巴斯卡的随想录、蒙田的散文、尼采的书,不事体系。

我会做种种解释,但不事体系。讲么一直在讲。

蒙田勿事体系,尼采戟指架构体系是不诚实——此二说令人莞尔。虽然,诚实亦大难,盖玩世各有玩法,唯恭,恭甚,庶几为玩家。吾从恭,澹荡追琢以至今日,否则又何必要文学。

二段前句，那么大的事，怎么托得住？"此二说令人莞尔"。"纵然"，不是通常的意思，是"虽然然"、"虽然如此"的意思。"吾从恭"，典出苏东坡与米芾对话，苏有"吾从恭"说。二段中，"勿事体系"，"不诚实"，到"莞尔"，一转；"诚实亦大难"，一转；"各有玩法"，"恭甚"，一转；到"吾从恭"，又一转；直到"否则又何必要文学"。

尼采也说过：玩世是有功的。

我和他想到一起去了。世界很小，两人碰来碰去，就碰到了。

目录，一辑中全部用《易经》。每四字，什么意思呢？名字归名字，题归题，文章归文章。但文中总归有一点点和题相干的。你们去找，我懒得去找了。

取那四个字的好看，好听。只有第一题的"庖鱼及宾"，是改过的。原文是庖鱼"不及宾"。其他题都是现成的。

讲《庖鱼及宾》。

庖鱼及宾

年月既久,忘了浪漫主义是一场人事,印象中,倒宛如天然自成的精神艳史。当时欧洲的才俊都投身潮流,恐怕只有肖邦一个,什么集会也不露面,自管自燃了白烛弹琴制曲。德拉克罗瓦,与肖邦交谊甚笃,对于他的画,肖邦顾左右而言他;对于同代的音乐家……肖邦只推崇巴赫和莫扎特——后来,音乐史上,若将浪漫派喻作一塔,肖邦位于顶尖。

有人(好事家兼文学评论家),说陀思妥耶夫斯基的小说属于写实主义,陀思妥耶夫斯基忿然道:"在最高的意义上,可以……我可以承认是个写实主义者。"——文学史上,若将写实主义喻作一塔,这样,也有了顶尖。

深夜闲谈,列夫·托尔斯泰欲止又言:"我们到陌生城市,还不是凭几个建筑物的尖顶来识别的么,后日离开了,记得起的也就只几个尖顶。"

地图是平的,历史是长的,艺术是尖的。

头三四句行文,要得力。句子很通俗,但"一场人事"、"精神艳史",用在这里正好。"恐怕只有肖邦一个",要加"恐怕"。这段,可以写出来。但不是文学,要写成文学。陀思妥耶夫斯基的原话,不是这样的。我写东西,凭记忆,原来一句话,在我记忆里可以有三种说法,我取最好的一种。

陀氏原话,讲了好多,我就用他这点。

后面三句:"地图是平的,历史是长的,艺术是尖的"——如果没有,前面那些说什么呀!谁要你说呀!

这三句声音很轻。你越是有把握,声音可以越轻。

这三句一说,前面都动了。真正聪明一点的人,读这段,就知道作者很坏。

讲第二(建筑)

古典建筑,外观上与天地山水尽可能协调,预计日晒雨淋风蚀尘染,将使表面形成更佳效果,直至变为废墟,犹有供人凭吊的魅力。

现代建筑的外观,纯求新感觉,几年后,七折八扣,愈旧愈难看。决绝的直,刚愎的横,与自然景色不和谐,总还得耸立在自然之内。论顽固,是自然最顽固,无视自然,要吃亏的。

现代建筑执着模型期的时空概念,似乎世界乃一干爽明净的办公室。"大罗佛"增置了透明金字塔,在视觉上,它宿命地只有第一效果,无第二第三层次的效果可期待。它的理想状况是天天像揭幕剪彩时那样光鲜。一旧,有一分旧即起一分负面反应。现代建筑要拆除是快速的,建筑的基本立意是为了尽早拆除?

现代建筑成为废墟后不会令人徘徊流连。近几年出来的摩登高楼,更明显地看到建筑家手足无措,靠增加折角、靠层层外凸的阳台来与自然讲和,讲归讲,自然不肯和哩。

除了建筑,其他方面何尝不是手舞足蹈地落得个无所措手足的结局,极目油油荒荒,叶芝惯称"大年"(Great Year)之岁云暮矣,知有除夕不知有吉旦的世纪末,自非区区建筑物应任其咎。

"现代",不会成为"废墟"——贬褒只此一句。

前两段完全口语。通篇都随便地说。最后一句,很用力地写。就这一句,前面铺陈那么多。前面说的有没有道理呢?有点道理的。

现代建筑,整体看看,有一个效果:旧的建筑会说话,新的建筑不说话。"贬褒只此一句"。这是文学的特点。

讲第三

科隆深秋,时近黄昏,双塔大教堂洪钟初动,随着全城的钟次第应和,颉洞浩瀚,历时二十分,茫茫平息。

就听这次为好?每天听为好?

离科隆已逾三载,双塔大教堂的钟声,恭闻一度是幸,日日敬聆是福。

没什么大道理。就看你怎么把感觉写出来。"茫茫平息"。声音没有了也要写，反衬出钟声。

讲第四

钟声，不属音乐范畴。当大教堂的巨钟响起，任何音乐都显得烦琐多余。音乐是人间的，巴赫、莫扎特的曲奏全是人间事。从来闻说天国充满音乐，充满人间之声的会是天国吗？音乐是路，钟声是桥，身为精灵者，时而登桥凭眺，时而嬉戏路畔。精灵一跃成天使，一跌成魔鬼，他们调皮在不跃不跌，偶作跃跌状，逗天使着急魔鬼发笑。然则天国一定是要在那里的，才有路有桥可言，天使魔鬼也一定是不可缺少的，才显得精灵的调皮大有余地。

艺术家不要做天使，也不要做魔鬼。艺术家可以做做精灵。拜伦、海涅、普希金，都是精灵。

讲第五

祖师西来意旨如何
"子解得糯团么"——岩头
祖师西来意旨如何

"取皂角作浣衣状"——玄泉

祖师西来意旨如何

"庭前柏树子"——赵州

祖师西来意旨如何

"闻得檐雨滴声吗"（适雨）——叶县青

祖师西来意旨如何

"街头东畔底"——法华

祖师西来意旨如何

"西来无意"——大梅

祖师西来意旨如何

"这么长的，那么短的"（指竹）——翠微

……

如何是达摩西来意

"了此意"

（"来"即"意"，"一华五叶"即"此"。

衣钵传而底事无传，达摩西来，不了，了之。）

禅宗有个问题："师祖西来意旨如何？"我把历代禅宗大师的回答集在这里。他们的答，都很现代派，你问，他答非，你懂不懂呢？不懂。所以在当今世界风魔，特别适于现代，而且在中国发生得那么早（中国现在好多"现代"画家、诗人，都是"一贯道"）。

我来回答：(说老实话)"了此意。"我的意思，就是别来这套花招。赤子之心。(尼采说，真正的基督徒只有一个，耶稣。)

讲第六

尼采在最后十年中，亦未有一句粗话脏话——使所有的无神论者同声感谢上帝。一个人，清纯到潜意识内也没渣滓，耶稣并非独生子。

高明的父，总是暗暗钟悦逆子的；高明的兄，总是偏袒桀骜不驯的乃弟。莎士比亚至今没有妹妹，耶稣已经有过弟弟，最爱耶稣的正是他。

那是一片出不了尼采至多出个张采的老大瘠土。借禅门俗语来说，金圣叹、徐文长，允是出格凡人。李、庄二子，某几位魏晋高士，堪称"尼采哲学存在于尼采之前"的东方史证，所以，没有意思得颇有意思，就中国言，尼采哲学死于尼采诞生之前。

金圣叹也叫张采。"出格凡人"，是梵文。"没有意思得颇有意思"，用了点文学。"天行健，君子自强不息"，就是尼采精神。

讲第七

"书法",只在古中国自成一大艺术,天才辈出,用功到了不近人情,所以造诣高深得超凡入圣神秘莫测。"书法"的黄金时代过去一个,又过去一个,终于过完。日本的书法,婢作夫人,总不如真。中国当代的书法,婢婢交誉,不知有夫人。

书法。批评了日本人。也得骂骂中国当代的书法。中国古代,书法成就和绘画并重。中国书法,非常形上、灵智的行为。

讲第八

"欲往芳野行脚,希惠借银五钱,容当奉还,唯老夫之事,亦殊难说耳。"略近晋人杂帖,毕竟不如。日本俳师芭蕉小有可人处。

俄国人中也有写信的好手:

"舱内流星纷飞,是有光的甲虫,电气似的。白昼野羊泅过黑龙江。这里的苍蝇很大。我和一个契丹人同舱,叫宋路理,他屡说在契丹为一点小事就要头落地。昨夜他吸鸦片多了,只是梦呓,我不能入眠。轮船播动,不好写字。明天将到伯力,现在契丹人在吟他扇上的诗。"

第九讲 谈《素履之往》

契诃夫寄妹书,不过在迻译间,筛了筛。俄文似乎天生是累赘的。

芭蕉的书信。

讲第九

愚蠢的老者厌恶青年,狡黠的老者妒恨青年,仁智的老者羡慕青年,且想:自己年轻时也曾使老辈们羡慕吗,为何当初一点没有感觉到?现在,他与青年们实际周旋时,不能不把羡慕之情悄然掩去,才明白从前的老辈也用了这一手。然而即使老者很透彻地坦呈了对年轻人的羡慕,年轻人也总是毫不在乎,什么感觉也没有。

老少两代闹不好关系,不是年龄的问题,是智慧的问题。我觉得和青年人很好相处。我懂得他们。青年人,从十四岁到二十四岁,是艺术家的年龄。热情,爱美,求知,享乐。

讲第十、十一

阳台晚眺,两个青年远远走来,步姿各样而都显得非常快乐,波多黎各,好像是,是波多黎各人,那腿那手臂的韵律纯粹是快乐，快乐的脖子快乐的腰，走过阳台底下，仰面嗯哨道声晚安，丑陋妩媚之极，怎会这样快乐，怎会这样快乐的呢？克尔凯郭尔看了又得举枪自杀一次。

背德的行为，通常以损害别人的性质来作判断，而忽视其在损害别人之前先已损害了自己，在损害别人之后又继续损害着自己。

历来的"善"、"恶"，弄来弄去弄不清楚。我不去弄。但先把"害人害已"这个问题说透。

讲第十二

司马迁认为每隔"五百岁"必有什么什么的，到底不过是浪漫的穿凿。姬昌与孔丘的精神上的瓜葛，论作孔丘这方面一厢情愿也可以。而到得《史记》，事情和问题都杂了大了，司马迁的一厢情愿就更显得牵强。之后呢，五百岁……五百岁……没什么，什么也没，所以再回过去体味《太史公自序》开篇的几句壮语，觉得等于在绝叫。

理想主义，是表示耐性较好的意思。然而深夜里，我听到过的绝叫，都是从理想主义者的床头传来的，明月在天，大江东去，一声声的绝叫，听惯了就不太凄惨。

《春秋》《史记》,并没曾别嫌疑、明是非、定犹豫——那是由于:礼,不能节人;乐,何尝发和;书,未足道事;诗,岂在乎达意;易,更难普遍道化。万象流传,毫厘是必失的,所以千里必差。

(避开以上云云的故实,自悦于顽皮的想法,以致成为说法,"五百年有一读者来",可不是吗,现在轮到我作读者。)

司马迁,尊崇儒家。但他的性格不是儒家,这是他的悲剧。姬昌,即周文王。"明月在天,大江东去。"这是在卖弄。实际上说明作者很悲痛。再伟大的人,在那里讲,最后还是要倒下去的。

史称《春秋》、《史记》,能够"别嫌疑"、"明是非"、"定犹豫"。所谓"礼能节人"、"乐能发和",我全反过来说。说我这样写很快感,其实我更痛苦:能不失之毫厘?能不失之千里?世界上种种恶败,全是当时失之毫厘呀,你扳得过来吗!

不是贬低孔子和司马迁,不是要和他们唱对台戏。不是这个意思。不过写到这意思,有点像在造纪念碑。所以底下还有,轮到我作读者,回到人间。

讲第十三

古典主义,是后人说的。
浪漫主义,是自己说的。

唯美主义，其实是一种隐私，叫出来就失态，唯美主义伤在不懂得美。

象征主义，也不必明言，否则成了谜底在前谜面在后。

现实主义，笨嘴说俏皮话，皮而不俏。

意象主义，太太，意象算啥主义，是意象派吧。

超现实主义，这样地能超，超掉"主义"行不行呢。

主义，主义。跟他们开开玩笑。

讲第十四

早年，偶见诺瓦利斯的画像，心中一闪：此卿颇有意趣。之后，我没有阅读诺瓦利斯的作品的机会。近几年时常在别人的文章中邂逅诺瓦利斯的片言只语，果然可念可诵——诺瓦利斯的脸相，薄命、短寿，也难说是俊秀，不知怎的一见就明白有我说不明白的某种因缘在。

不讲明。稍微弄弄。"哲学是一种乡愁"，就是诺瓦利斯说的。

讲第十五

毕加索和布拉克同时制作抽象立体主义——明明塞尚,从塞尚来,点、线、面、体、曲、直、明、暗……塞尚恍然,毕加索、布拉克大悟。

"明明塞尚",是口语。整个用口语写。

讲第十六

委拉斯凯兹的画,多数是做事,做了一件,又做一件。少数是艺术,创造了不可更替的伟大艺术。

(有人是纯乎创造艺术的,要他做事,他做着做着做成艺术。)

委拉斯凯兹做事很能干,艺术创造得好,而不会把事做成艺术。事又做得太多,累坏了身子,难免也累坏艺术。如果不善保身,还是欠明哲。委拉斯凯兹和笛卡儿都把自己看低,以为低于皇室皇族,所以殉的不是道。累倒,折磨尽了,虽不说英年早逝,死的性质应属夭折。如果真的殉于道而非殉于皇家,他们的天年倒是长着哩。

笛卡尔去给皇家上课。冻死。

讲第十七

如果"顿悟"不置于"渐悟"中,顿悟之后恐有顿迷来。

"恐有顿迷来","恐有",不要讲死。极简单的写法。

讲第十八

当愚人来找你商量事体,你别费精神——他早就定了主意的。

稍微带一下。地上垃圾,随脚带一下。

讲第十九

人体的特异功能不是智慧。巫术与艺术正相反。怪癖并非天才的表征。在怪癖巫术特异功能备受瞩目的时代,便知那是天才艺术智慧的大荒年。

音乐神童、数学神童……从来没有哲学神童。
思维是后天的,非遗传,非本能。思维不具生物基础,思维是逆自然的,反宇宙的。

正经讲一句。

讲第二十

陀思妥耶夫斯基嗜赌,其实更严重的是嗜人,他的小说中人人人人,从不愿费笔墨于自然景象,偶涉街道房屋,也匆匆然赶紧折入人事中去。他在文稿上画人,人的脸,脸的眼睛。

他在文学上嗜人,实际生活中并不嗜人——所以伟大。

文学上的人真有味,生活中的人极乏味。这样不好,不这样就更不好。

"不这样就更不好。"

第二十一、二十二、二十三

人家总在乎谁在台上演,演得如何。我却注意台下是些什么人,为这些人,值不值得演——因此我始终难成为演员。

无论由谁看,都愿上台演——我不作这样的演员的看客。

无论由谁演,都愿在台下看——我不会对这样的观众演出。

找到了我愿意看的演员,而找不到与我同看的人,观众席空着,所以那位演员不登台,所以我又成不了他的看客。

这便是我的有神论及我的无神论两者之间的酸楚关系。

艺术家在制作艺术品的进程中，清明地昏晕，自主地失控，匀静地急喘，熟审的陌生境界层层启展……所以面对艺术家，哲学家只有感慨的份，即使是艺术秉赋极高的尼采，也要为哲学气质甚重的贝多芬而惆怅太息得似乎不能自持了。然而尼采也并非容易败落的，唯有他看出贝多芬的人伦观念还涉嫌道德上的滞碍，使灵智的意绪受到抑窒，这位自称酒神的音乐家本身没有大醉狂醉，尚不足为尼采理想中的音乐家——从旁说来，哲学家还是有面子，当然只指尼采，指不到别人。

在爱的历程上，他每以钢琴家自许，多次幸遇优质键盘，抚弄再三，当他起身离开，它们都从此绝响、尘封。人们是不知彼等的珍贵，即使彼等自己，亦难解那一段时日（噢，四季的夜晚）何以有如许神妙的乐音——爱的演奏家，垂垂老去，回顾前尘，伤怀之余忽然忍俊不住道：宁愿是钢琴演奏钢琴家呵。

哲学营构迷宫，到现代后现代，工程的继续是拆除所有的楼台馆阁，局外人看来觉得一片忙碌场景很壮观。

哲学的废墟，夕阳照着也不起景观。个别的人死了会有"殁后思"，使生者想起死者的某些好处来。哲学作为群体看，无所谓好处，所以不值得凭吊。

第九讲　谈《素履之往》

哲学生涯原是梦,醒后若有所思者,此身已非哲学家,尚剩一份幽微的体香,如兰似檀,理念之余馨,一种良性的活该。

"殁后思",是想起死者的某些好处。"良性的活该。"

《朱绂方来》。

与前篇不同。每篇有标题。没标题,也罢,用了标题,就要用好。

朱绂方来

唐代的麦克白夫人

《唐国史补》原名《国史补》,取史氏或阙则补之意,唐李肇为续刘悚的《传记》而作,共三百零八条,所述皆开元至长庆百余年间的轶事琐闻,悠谬之说极少,质录之笔实多,中有一则《故囚报李勉》,略云:

"……李汧公勉为开封尉,鞫狱,狱有意气者,感勉求生,勉纵而逸之。后数岁,勉罢秩,客游河北,偶见故囚,故囚喜,迎归厚待之,告其妻曰:'此活我者,何以报德?'妻曰:'偿缣千匹可乎?'曰:'未也。'妻曰:'二千匹可乎?'亦曰:'未也。'妻曰:'若此,不如杀之。'……"

故事的后半姑置不论,但看:

"此活我者,何以报德?"

"偿缣千匹可乎?"

"未也。"

"二千匹可乎?"

"未也。"

"若此,不如杀之。"

这几句对白,实在是够莎士比亚水准,按表现妇人心理的深度而言,质之司汤达、陀思妥耶夫斯基亦必惊叹不已。

"唐代的麦克白夫人"(笑),是活泼的说法,开头要假装像个学者。

我在餐厅中开了一枪

时间:1979年

地点:上海

人物:甲(中年)、乙(青年)、我(不详)

场景:小型餐厅

(当我行将吃完时,甲乙进来,坐于旁边的桌位。)

甲:"……你年纪轻,讲究衣着,我是随随便便,不在乎了,唉,衣着讲究,总归是两个意思,一个,要漂亮,一个,表示自己有钱。"

乙:"我又不好算讲究。"

甲:"还不讲究?要人家说你漂亮、有钱,世界上但凡讲究穿着的,只不过是这两个目的。"

我已食毕,取出纸巾抹了抹嘴:

"再有第三个——自尊。"

(至今犹记得此二人闻声转首注视的眼神,中年者发愣,落了下风,无法接口。青年者惊喜,得救了似的期待我再说下去——我起身慢慢走出餐厅。)

不以诗名而善诗者

汤国梨女史,浙江桐乡乌镇人,家世清华,风仪端凝。予幼时忝为邻里,每闻母姑辈颂誉汤夫人懿范淑德,而传咏其闺阁词章,以为覃思隽语,一时无双,予虽冥顽,耳熟心篆,于今忆诵犹历历如昨,试录二律如后:

"汤国梨女史",章太炎妻。但我不写她是章太炎妻。我是女汤国梨。不管丈夫事。

与皇甫仲生谈轮回有感

为人已多事，有鬼更难休。
纵免沙虫劫，能无猿鹤愁。
尘缘如何了，慧业不须修。
话到轮回时，怆然涕泗流。

今自反之更得一律

休道轮回苦，人生实赖之。
世情常有憾，天道愿无私。
因果苦不爽，盛衰莫费辞。
何为求解脱，我佛亦顽痴。

前诗不错，后诗更高。

中国近百年来女诗人俦，若论神智器识，窃以为未见有出汤夫人之右者。迄于现代后现代云云，则无分坤乾，益兴代不如代之叹。中华，古者诗之大国，诰谟、诏策、奏章、简札、契约、判款、酒令、谜语、医诀、药方，莫不孜孜词藻韵节，嫠妇善哭，狱卒能吟，旗亭粉壁，青楼红笺，皆挥抉风云，咳唾珠玉——猗欤伟欤，盛世难再，神州大地已不知诗为何物矣。

"女诗人俦"，即女诗人一伙淘伴中。

第九讲 谈《素履之往》

谁更近乎自然

富人比穷人有钱,穷人比富人近乎自然,例如虎豹,一生就只一张皮,鱼呀,花呀,都是穷的,孔雀亦是穷的,蜜蜂、蚂蚁算得最知囤积的了,也有限,因为它们不事商业。

大致与孟德斯鸠的"人在悲哀之中,才像个人"的这一说法相似,人在贫穷之中,方始有点点像个人,而这"悲哀"、这"贫穷"都要先作界定:"悲哀",不是痛苦欲绝,"贫穷",并非衣食住行发生致命的磨难。

痛苦欲绝的悲哀是不自然的,艰于维生的贫穷是不自然的——整个自然界是漠漠茫茫的悲哀和贫穷,人,若求其为"自然之子",就得保持适度的悲哀,适度的贫穷,而这等于在说,要先从痛苦艰难中摆脱出来,然后才好谈那种使人差强像个人的漠漠的什么,茫茫的什么。

限于墓志铭规格

叶芝的一生,适值"为艺术而艺术"、"为人生而艺术"两种思潮交错交锋交替的骚乱时期,艾略特在追悼叶芝的演说中故作惊讶道:"……他竟能在两者之间独持一项绝非折衷的正确观点。"本该就"绝非折衷"这个性质大加发挥,可惜接着艾略特戛然落轴:"艺术家,果其竭诚于精神劳作,自必为全世界尽力了。"——这样当然也算是笼统的解答，但到底只限于墓志铭规格。半个世纪之后的今日，曾由叶芝执着的那个"观点"仍然是卓越的，它的"绝非折衷"的性质浅显易明而深奥难言——叶芝知之，艾略特知之，某亦知之。

路遇亚里士多德

拉斐尔画的柏拉图和亚里士多德，都不像他俩本人，画柏拉图是以达芬奇为模特儿的，画亚里士多德不知参照了谁，雄媚轩昂，好一副男性气概……此系拉斐尔的私事，着毋庸议。

这时有一瘦高个儿施施行来，两腿细长，头发剪成流行的短式，指上戴着镶宝石的金环，俨然富家子弟的气派，岁数不大而额面纹路三横，鼻翼和嘴角边皱痕下垂，似乎是长期的胃病患者。

当我知道这便是亚里士多德时，不觉得奇怪，为什么不觉得奇怪呢，那是很奇怪的。

亚里士多德认为大自然从不徒劳。

我认为在细节上大自然看起来是不徒劳——大自然整个徒劳。

碰壁是快乐的

亚里士多德开始讨论，脸色凝重：

为什么牛有角呢?

因为它们的牙齿不够好(本该用来制牙的质料便制了角)。

为什么它们的牙齿不够好呢?

因为它们有四个胃(可以不经细嚼就将食物消化)。

为什么它们有四个胃呢?

因为它们是反刍动物。

为什么牛是反刍动物呢?

因为,因为……因为它们是牛。

此时,不知亚里士多德是否快乐,我是快乐的。

哲学家的终局:碰壁。

我非壁,若然,乐不可支而永支之。

航海家有所不知

单人驾驶帆船,环绕世界一周,耗时两百七十八天,没有靠港停泊,只在第二百天时,于澳洲西南沿海,接收新鲜蔬菜及零件等补给品。

帆船通过赤道时,自开香槟庆祝。

噢印度洋,每秒二十米的强风,巨浪高如城墙,连续几天才平静,噢伸手不见五指的黑夜,也有亮夜(不是白夜,亦无月光),满天星斗亮得甲板上可以读书。最美的是什么,最恐怖的是什么——突然出现冰山,一点预兆也没有,崔巍晶峰,劈面而至，这明明是死——我活下来了。

此乃一个日本人的真实手记。

矫情绝世，特立独行，都是在为别人做事，阅此手记后，免我去航海。

木心,2009 年摄于乌镇西栅。李峻 摄

当初,他延宕四年方始谈论自己;如今,我静观三载这才公布他的夫子自道。老头子知道了,什么表情呢?我真希望他一机灵,说:"倒也是个办法。"

——后记

后 记

陈丹青

2012年底,《文学回忆录》发排在即,我瞒着读者,擅自从全书中扣留九讲,计两万余字。三年过去了,今天,这部分文字成书面世,总算还原了《文学回忆录》全貌,但因此与母本上下册分离,成为单独的书。

也好。以下我来交代此事的原委——先要告白的实情是:返回八十年代,这份"课业"并不是听讲世界文学史,而是众人撺掇木心聊他自己的文章。初读他的书,谁都感到这个人与我辈熟悉的大陆文学,毫不相似,毫不相干。怎么回事呢?!我相信初遇木心的人都愿知道他的写作的来历,以我们的浅陋无学,反倒没人起念,说:木心,讲讲世界文学史吧。

大家只是围着他——有时就像那幅照片的场景,团坐在地板上——听他谈论各种话题。一惊一乍地听着,间或发问:你怎会想到这样写，这样地遣词造句呢？

木心略一沉吟，于是讲。譬如《遗狂篇》的某句古语作何解释，《哥伦比亚的倒影》究竟意指什么，《童年随之而去》的结尾为什么那样地来一下子……几回听过，众人似乎开了窍，同时，更糊涂了。当李全武、金高、章学林、曹立伟几位恳请老先生以讲课的方式定期谈论自己的写作，他却断然说道：

那怎么可以！

总归是在 1988 年底吧，实在记不清经由怎样一番商量，翌年初，木心开讲了。最近问章学林，他也忘了详细，但他确认木心说过："零零碎碎讲，没用的，你们要补课，要补整个文学史，中国的，西方的，各国的文学都要知道。"众人好兴奋，可比得了意外的允诺，更大的礼物。之后，承李、章二位"校长"全程操办，这伙乌合之众开始了为时五年的漫长听课。

1993 年，文学史讲席进入第四个年头，话题渐入所谓现代文学。其时众人与老师混得忒熟了，不知怎样一来，旧话重提，我们又要他谈谈自己的写作、自己的文章。3 月间，木心终于同意了，拟定前半堂课仍讲现代文学，后半堂课，则由大家任选一篇他的作品，听他夫子自道。查阅笔记，头一回讲述是 3 月 7 日，末一回是 9 月 11 日，共九讲。之后，木心继续全时谈论现代文学,直到1994年元月的最后一课。

2012年,我将五本听课笔记录入电脑,一路抄到这部分,不禁自笑了,历历想起容光焕发的木心。我与他厮混久,这得意的神采再熟悉不过,但在讲席上,他的话语变得略略正式,又如师傅教拳经,蛮乐意讲,又不多讲,听来苍老而平然。那是他平生唯一一次对着人众,豁出去,滔滔不绝,但以木心的做派,话头进入所谓"私房话",他总会找个潇洒而带玄机的说法,用关照的语气,交代下来:

> 我讲自己的书,不是骄傲,不是谦虚。我们两三知己,可以这样讲讲。

麻烦来了——唉,木心扔给我多少麻烦啊——《文学回忆录》数十万言,可以说都是他的"私房话",这九堂课,更是私房话里的私房话。现在临到出版,这部分文字也发布,是否合适?

"私房话"一语,固然是木心调皮,可作修辞解,但他有他的理由,且涵义多端,此处仅表其一:通常的文学史著述者未必是作家,而木心是,所以他的话,先已说到:

> 在学堂、学府,能不能这样做?

我们才不管那些，巴不得木心毫无顾忌，放开说。麻烦是在下一句：

要看怎么做。

他怎么做呢，诸位在本书中看到了。可是三年前拟定出版《文学回忆录》之际，"要看怎么做"便成了我的事情——木心生前不同意我的五本笔记对外公开。他去世后，"私房话"语境终告消失，新的，令我茫然失措的状况出现了：他的大量遗稿，理论上，都是有待面世的文本，那是他的读者殷切期待的事——哪怕不过数十人、数百人——出版《文学回忆录》，我能做主，可是夫子自道的这部分，委实令我难煞。难在哪里呢？

传出去，木心讲自己的书，老王卖瓜，自赏自夸。所以要讲清楚——传出去，也要传清楚。

是的，他自己当场"讲清楚"了，二十多年后，我该怎么"传"法？怎样地才算"传清楚"？

* * * * * *

2006年初，木心作品的大陆版面世了，零零星星的美誉、好意、热心语,夹着各种酸话、冷话、风凉话,陆陆续续传过来。我久在泥沼,受之无妨,但那几年老人尚在世,他开罪了谁吗? 2011年冬,木心死。2012年秋,《文学回忆录》全部录入,重读他以上这些话,我心想:这污浊的空间,"传"得"清楚"吗?而当年的木心居然相信"传清楚"了,便是善道,便得太平。

老头子还是太天真。纽约听的课,北京出的书,世道一变,语境大异,我得"学坏"才行。诚所谓"防人之心不可无",我一横心,将这部分文字全部剔除了。

然而新的麻烦,须得收拾:全书九十多课抽去两万多字,便有九堂课的内容骤然减半(其中,两堂课全时讲述木心的作品)。为了版面的齐整均衡,我还得煞费苦心,将九堂课上半节谈论的内容(萨特呀、加缪呀、新小说派呀)挪移、衔接、拼合,既经压缩,课目的数序也随之篡改而减少。诸位明鉴:《文学回忆录》下册,便是这样地被我挖去一块,哪位读者的法眼,看出来么?

此即木心留下的麻烦,也是我自找的麻烦——以上交代,亦属小小的麻烦。

我从木心学到什么?其一,是他念兹在兹的"耐心",虽则跟他比,我还是性急。当初,他延宕四年方始谈论自己;如今,我静观三载这才公布他的夫子自道。老头子知道了,什么表情呢?我真希望他一机灵,说:"倒也是个办法。"但这办法并非"传清楚",而是,索性抹掉它、存起来、等着瞧。

我等到什么、瞧见什么呢?很简单:感谢读者。

迄今我不确知多少人读过《文学回忆录》,多少人果真爱读而受益:这不是我能估测、我该评断之事。然而风中仿佛自有消息,三年过去了,近时我忽而对自己说:行了。这份私房话的私房话,可以传出去了。年初编辑第三期木心纪念专号,我摘出听他讲述《九月初九》的笔录,作为开篇,"以飨读者",随即和责编曹凌志君达成共识:过了年,出版这本书。

我的心事放下了。有谁经手过这等个案么?木心的顾忌、处境,长久影响了我,以至临事多虑,留一手:这是何苦呢?所幸木心讲了他要讲的,我传了我能传的,此刻想想,还是因为读者——包括时间。

诸位,我不想夸张《文学回忆录》的影响。如今的书市与讯息场,一本书、一席话,能改变读者吗?难说。而读者却能改变作者的。木心的夫子自道,只为一屋子听课生的再三聒噪;我发布五册笔录,乃因追思会上向我恳请的逾百位读者——虽然,我不是《文学回忆录》的作者——此刻全文公布这份"补遗",说来说去,也还是因为顾念读者。读者的从无到有、由少而渐多,谁做主呢?时间。我所等候的三年,其实是木心的一辈子,他的远虑,远及他的身后。

******

木心终生无闻,暮年始得所谓"泛泛浮名"。一位艺术家,才华的自觉,作品的自觉,说,还是不说,熬住,还是熬不住,这话题,鲜见于通常的文学史,木心却在讲席中反复言及,虽举例者俱皆今古名家,但以他自身的际遇,度己及人,深具痛感——眼下这本书,便是此中消息,便是他这个人。

天才而能毕生甘于无闻者,或许有吧;庸才而汲汲于名,则遍地皆是。木心渴望声誉,但不肯阿世,他的不安与自守,一动一静,盖出于此,而生前名、身后名,实在是两回事。木心自信来世会有惊动,但生前的寂寞,毕竟是一种苦。苦中作乐,是他的老把戏,而作乐之际,他时刻守度。日常与人闲聊,他常坦然自得,眉飞色舞,形诸笔墨之际,则慎之又慎,处处藏着机心、招数,兼以苦衷。一位作家顶有趣而难为的事,恐怕是闪露秘笈、招供自己的写作,在高明者,更是智性而旷达的游戏,本身即是创作。

现在回想,如果我们不曾围拢木心催他开课,年复一年撩拨他,他会有这份机会、场合,慨然自述吗?我记得那几堂课中的木心:恳切、平实,比他私下里更谦抑,然而惊人地坦白——好像在座全是他最知心的朋友——同时,也如他俭省的用笔,点到即止,不使逾度。

木心写作的快感,也是他长年累月的自处之道,是与自己没完没了的对话、论辩、商量、反目，此书所录，一变为亦庄亦谐、进退裕如的谈吐。他的自赏与自嘲好比手心翻转，他对自己的俯瞰与仲裁，接踵而至。日间校对这九堂课，我仍时时发笑。当他谈罢《S.巴哈的咳嗽曲》的写作，这样说道：

好久不读这篇。今天读读，这小子还可以。

如今"这小子"没有了。下面的话，好在他当年忍不住：

很委屈的。没有人来评价注意这一篇。光凭这一篇，短短一篇，就比他们写得好。五四时候也没有人这样写的。

"他们"，指的谁呢？"五四时候"是也果然没人这样写的；今时好像也没有。就我所结识者，对木心再是深读而赏悦的人，确也从未提及这一篇，而他话锋一转：

幸亏那时写了。现在我是不肯了。何必。

这是真的。我总愿木心继续写写那类散文，九十年代后期，他当真"不肯"了。此是木心的任性而有余，也是他诚实。1985年写成《明天不散步了》，他好开心，马路上走着，孩子

般着急表功:"丹青啊,到目前为止,这是我写得顶好的一篇散文!"可是八年后课中谈起,却又神色羞惭,涎着脸说道:

不过才气太华丽,不好意思。现在我来写,不再这样招摇了。

当时听罢,众人莞尔,此刻再读,则我怆然有失:老头子实在没人可说,而稍起自得,便即自省,因他看待艺术的教养,高于自得。你看他分明当众讲述着,却会脸色一正,好似针对我们,又如规劝自己,极郑重地说:

当没有人理解你时,你自己不要出来讲。

什么叫做"私房话"呢,这就是私房话。全本《文学回忆录》的真价值,即在"私房"。他谈到那么多古今妙人,倒将自己讲了出来,而逐句谈论自家的作品,却是在言说何谓文学、何谓文章、何谓用字与用词。这可是高难度动作啊,爱书写的人,哪里找这等真货?眼下,隐然而欠雏形的木心研究,似在萌动。此书面世,应是大可寻味的文本,赏鉴木心而有待申说的作者,会留意他所谓"精灵"的自况,所谓"步虚"的自供吗——承老头子看得起我们,提前交了底,以世故论,诚哉所言非人:这是文学法庭再严厉的拷问也难求得的自白啊。

后记

我知道，以上意思，不该我来说。但我也憋着私房话。那些年常与木心临窗对坐，听他笑叹"不懂啊，不懂啊"，我好几次急了，冲着他叫道：怕什么啊，你就站出来自己讲！

这时，他总会移开视线，哑着喉咙，喃喃地说：不行的。那怎么可以。

2015 年 4 月 28 日写在纽约

图书在版编目（CIP）数据

木心谈木心：《文学回忆录》补遗 / 木心著.
—上海：上海三联书店，2020.5（2025.9 重印）
（木心全集）

ISBN 978-7-5426-6903-2

Ⅰ.①木… Ⅱ.①木… Ⅲ.①世界文学－文学史
Ⅳ.① I109

中国版本图书馆 CIP 数据核字 (2019) 第 260606 号

木心谈木心：《文学回忆录》补遗
木心著

责任编辑 / 徐建新
特约编辑 / 曹凌志
装帧设计 / 陆智昌
制　　作 / 陈基胜　马志方
监　　制 / 姚　军
责任校对 / 张大伟

出版发行 / 上海三联书店
　　　　　（200041）中国上海市静安区威海路755号30楼
邮　　箱 / sdxsanlian@sina.com
联系电话 / 编辑部：021-22895517
　　　　　发行部：021-22895559
印　　刷 / 山东京沪印刷科技有限公司

版　　次 / 2020 年 5 月第 1 版
印　　次 / 2025 年 9 月第 9 次印刷
开　　本 / 787mm×1092mm　1/32
字　　数 / 60千字
图　　片 / 20幅
印　　张 / 7.25
书　　号 / ISBN 978-7-5426-6903-2/I·1571
定　　价 / 59.00元

如发现印装质量问题，影响阅读，请与印刷厂联系：0533-8510898